नीना आँटी

नीना आँटी

अनुकृति उपाध्याय

ISBN : 9789389373578

पहला संस्करण : 2021 © अनुकृति उपाध्याय

NEENA AUNTY (Novel)

by Anukrti Upadhyay

राजपाल एण्ड सन्ज़

1590, मदरसा रोड, कश्मीरी गेट, दिल्ली–110006

फोन : 011–23869812, 23865483, 23867791

e-mail : sales@rajpalpublishing.com

www.rajpalpublishing.com

www.facebook.com/rajpalandsons

नीना आँटी

नीना आँटी का गार्डन वैशाख की गर्मी में भी रंगों से जगमगा रहा था। नीले-बैंगनी जैकारेंडा, पीतल-पीले अमलतास, चटख कसूमल बॉगनवेलिया से चहारदीवारी रंग-बिरंगी थी। जहाँ-तहाँ लाल गुलाबों के उद्दाम-फूलते पौधे थे और पीले-नारंगी गेंदे। मोगरा, चमेली, चम्पा, हरसिंगार। गंधों का कोलाहल था। सुदीपा ने सिकुड़े पैर फैलाए और चप्पलें उतार दीं। पैरों तले घास ठंडी थी और सघन लेकिन नरम दूब नहीं, तिपतिया और दूसरी जंगली घासें। दरअसल, पूरा बाग़ ही एक तरह से जंगली था, कहीं कोई तरतीब नहीं थी। हर तरफ़ सूखे पत्ते और मुट्ठियों-झरतीं गुलाब-पाँखुरें। सब कुछ सहज, सब कुछ स्वतंत्र। नीना आँटी पेड़ों और लतरों की कटाई-छँटाई कभी-कभार ही करवाती थीं। सुदीपा ने गंध से लथपथ हवा की गहरी साँस भरी। सामने कुर्सी पर बैठी नीना आँटी ने आँखें उठा कर क्षण भर उसे देखा और मुस्कुरा दीं। उनके हाथ ताड़-पत्तों की टोकरी में से गुलाब के फूलों से पंखुड़ियाँ चुनने और हरे डंठल अलग करने में ही व्यस्त रहे किंतु। सुदीपा की दृष्टि उनकी गदबदी, उजली-गुलाबी अँगुलियों की चटुल कुशलता में अटक गई।

नीना आँटी दोहरे बदन की थीं, पैंसठ की उम्र में भी एक कमनीय, आकर्षक दुहरापन। ढीला-ढाला नहीं, कसा हुआ मोटापा, बाँहों, छाती, पेट, कूल्हों पर भारी परतों गें मढ़ा। चेहरा अब भी गुलनार, आँखों में तीखापन। सुदीपा ने कनखियों से देखा—बेबी पिंक रंग की महीन डोरिया साड़ी! मम्मी देखतीं तो कहतीं, ''इस उम्र के लिए नहीं अब यह रंग, इतना उठान वाला चमकीला।'' जैसे रंगों के लिए उम्र नियत होती हो, सुदीपा ने कंधे उचकाए। नीना आँटी से साल-सवा साल ही बड़ी हैं मम्मी, लेकिन नीना आँटी की रौनक़ के क्या कहने, मम्मी से दस साल छोटी लगती हैं नीना आँटी।

''देखो, देखो, अच्छी तरह देखो! बिंदी टेढ़ी है मेरी? मेरा शीशा कमरे के सबसे अंधेरे कोने में टँगा है, दिखाई ही नहीं देता कि काजल आँखों में लगा

रही हूँ कि गालों पर!'' नीना आँटी हँसीं।

''न...नहीं तो...'' सुदीपा झेंपी। आप गुलाब की पंखुड़ियाँ चुनते समय ग्लव्ज़ क्यों नहीं पहनतीं? उँगली में काँटा चुभ गया तो?''

''दस्ताने पहन कर कौन फूल चुनता है! नंगे हाथों पंखुड़ियाँ अलग करने से हाथों में सुगंध बस जाती है और अँगुलियों पर पंखुड़ियों का ऐसा ठंडा, कोमल स्पर्श...'' सुदीपा पर एक निगाह डालकर, ''काँटों के डर से इस अनुभव से वंचित रह जाऊँ? बच्चे, सुंदरता को छूने से मैं कभी पीछे नहीं हटी और न चोट से कभी डरी ही, न तो चोट पाने से, न ही देने से। बस मेरी एक ही शर्त रही कि अनुभव गहरा हो और ऑथेंटिक, महज़ दिखावटी नहीं।'' सुदीपा ने आँखें झुका लीं और ताड़-पत्तों की टोकरी में से गुलाब का एक फूल उठा कर पंखुड़ियाँ चुनने लगी।

नीना आँटी इस छोटे से पहाड़ी क़स्बे में अपने छह कमरों वाले बड़े-से बँगले में रहती हैं। 'धुर अकेली,' जब भी नीना आँटी का ज़िक्र आता है, सुदीपा की मम्मी और मौसियाँ, मामा, दूर-पास के रिश्तेदार, यहाँ तक कि पुराने परिचित-पड़ोसी भी भौंहें उठाकर, आँखें चढ़ाकर, होंठ बिचका कर कहते हैं।

''एकलखोरी है नीना, और बिलकुल बावली।'' मामा का स्वर एकदम सख़्त-करख़्त हो जाता है, ''बेवजह सबसे दूर जाकर बसी है। घर-शहर का कोई साथ नहीं, नौकर भी सब वहीं आस-पास के रखे हुए हैं। दुनिया भर की चीज़ें अलग जमा कर रखी हैं, एक दिन कुछ अनर्थ हो जाएगा तो दुनिया हमें कहेगी। सब चुरा ले जाएँगे, एक तिनका तक नहीं बचेगा...''

अनर्थ की ये भविष्यवाणी चोरी-चकारी तक ही सीमित नहीं रहती। ''बीच रात गला काट कर भाग जाएँगे, हमें खबर भी नहीं होगी।''

''देखना एक दिन वह माली ही कोई कांड करेगा, शक्ल से ही गलकट जरायमपेशा दिखता है।''

''और उसका ड्राइवर! मैं भरी दुपहरी, बीच शहर में भी उसको गाड़ी के पास फटकने न दूँ और नीना पहाड़-घाटी सब जगह उसके साथ अकेली घूमती है...''

सुदीपा समझ नहीं पाती कि सबको नीना आँटी के साथ दुर्घटना घटने का डर है या दुर्घटना घटने की प्रतीक्षा।

ऐसी भीषण भविष्यवाणियों के बावजूद नीना आँटी बरसों से पहाड़ के इस अलग-थलग शांत कोने में निर्द्वन्द्व रह रही हैं। उनके घर में काम करने वाली दाई से लेकर दूध-अख़बार लाने वाला लड़का तक उनके प्रति समर्पित हैं। उन्हें अपने छोटे से दल की पूरी वफ़ादारी हासिल है। सुदीपा ने देखा है कि उन्हें छींक आने पर आभा ताई कहने से पहले काढ़ा बनाने लगती हैं, ड्राइवर डॉक्टर को बुला लाता है, माली अदरक-तुलसी और छत्ते का ताज़ा शहद दे जाता है और दूध-अख़बार लाने वाले लड़के का मुँह कुम्हला जाता है। नीना आँटी के भीतर जैसे सुखों का कोई गुप्त सोता है, हमेशा मुस्कुराती रहती हैं, झूठ-मूठ की मजबूरी वाली मुस्कान नहीं, कि दुखी होने का कोई कारण नहीं सो मन मसोस कर टेढ़ा-तिरछा मुस्कुराओ, खुले, खिले दिल वाली मुस्कुराहट। ''नीना आँटी की स्किन कितनी सुंदर है न? और उनकी स्माइल...'' सुदीपा और उसके भाई-बहन उनके मोती-से दाँत सराहते नहीं अघाते—सम, कतार में खिले मोगरा फूलों सी दन्त-पंक्ति, उनके गहरे रंग के भरे-भरे होंठों में सदा झलकती।

''सिगरेट पी-पी कर होंठ काले कर लिए उसने, ऐसी बुरी लत...कमज़ोर चरित्र का लक्षण होती हैं ये लतें...'' मम्मी कहतीं।

''पापा और सारंग भाई और टुन्नू मामा भी सिगरेट पीते हैं।''

''हर बात में बराबरी नहीं होती, दीपू। अगला कुएँ में गिरे तो हम भी गिरें?''

''वे सब कुएँ में गिर रहे हैं तो आप उन्हें कुछ क्यों नहीं कहतीं?''

''बेकार की बहस मत करो। अनवुमनली है सिगरेट पीना, मुँह में अटका कर लुच्चों जैसे धुएँ के छल्ले उड़ाना...''

सुदीपा ने वह क़िस्सा कई बार सुना है—कैसे नीना आँटी को यूनिवर्सिटी के स्टाफ़ रूम की खिड़की के पास खड़े हो सिगरेट पीते देखकर लड़कों ने हड़ताल कर दी थी। ''क्लासेज़ का बायकॉट। नौकरी छोड़ने की नौबत आ गई थी। वह तो उसके प्रोफ़ेसर ने बीच-बचाव कर दिया, इसे समझाया, लड़कों से बात की, मामला सुलटा। आखिर को उस प्रोफ़ेसर की भी नाक ही कटाई इसने। समझ नहीं आता कि पूरे घर में यही एक ऐसी कैसे निकली''...मम्मी, मौसियाँ और मामा भर्त्सना में सिर हिलाते। हर बार इस क़िस्से में नए ब्योरे जुड़ जाते—''बिना-बाँहों का, खुले गले का ब्लाउज़ पहने थी, लड़कों को बोली,

दम है तो रोक कर दिखाओ, विभाग की सीढ़ियों पर बैठी सिगरेट पीती रही, लड़कों ने घेर लिया, यहाँ-वहाँ हाथ लगा दिया, कुछ-का-कुछ हो जाता, बिलकुल सिरफिरी...'' हर बार सुनकर सुदीपा का ख़ून खौल जाता। ''वे लड़के...उनकी हिम्मत कि नीना आँटी को 'मोलेस्ट' करें...आप लोगों ने कुछ नहीं किया? क्या और कोई लेक्चरर सिगरेट नहीं पीता था?''

''हम क्या करते? दूध की धोई है क्या तुम्हारी नीना आँटी कि हम कुछ कह सकते? उसके ऐबों को कौन नहीं जानता?''

सुदीपा ने नीना आँटी को कभी स्मोक करते नहीं देखा, अलबत्ता बचपन में उनकी कसैले धुएँ और गमकते पफ़्यूम और मिंट की गोलियों वाली मिली-जुली गंध उसे याद है। चकित करती गंध। परिवार की किसी और स्त्री से वैसी गंध नहीं आती थी, धुँआसी-भीनी, जैसी पुरानी लकड़ी, ताज़ा फूलों और ठंडी सुबहों की गंध होती है, बेहद मोहक। अब उनसे गुलाब-जल की ठंडी-मीठी ख़ुशबू आती है। बाग़ के गुलाबों से गुलाब-जल बनाती हैं नीना आँटी। सब भाँजे-भाँजियों में उनके गुलाब-जल, सूखी पंखुड़ियों और अगरु से भरी मलमल की सुगन्धित थैलियों, रोज़-हिप के तेल और फूलों से बनी क्रीमों की धूम है। नीना आँटी परिवार के युवा दल में दूसरे कारणों से भी लोकप्रिय हैं। सभी उनके पास कभी-न-कभी आए हैं—जीवन की उलझनें, थके मन या दुखते अहम्, कुढ़न, कुंठाएँ और क्रोध लेकर, चोटिल और पीड़ा से हाँफते। नीना आँटी ने उनसे कौंच-खरोंच कर कभी कुछ नहीं पूछा है, दु:ख-तकलीफ़ बताने पर उन्हें उपदेश नहीं दिए हैं, उन पर दया नहीं दिखाई है और न ही उन्हें नासमझ क़रार दिया है। नीना आँटी ने उनके दुखते माथों पर गुलाब जल के फ़ाहे रखे हैं, उनके रोने-कराहने और ग़ुस्से से दाँत पीसने, कमरे का दरवाज़ा बंद कर घुटने-झींकने को सम भाव से लिया है। जब वे अपनी ही उलझाई गुत्थियों से जूझकर हैरान-परेशान हुए हैं, तब उनके हाथों में टोकरी या ख़ुरपी या कैंची पकड़ा कर बाग़ में भेज दिया है। उन्हें गुलाबों से गुलाब-जल डिस्टिल करना सिखाया है, शाम को सूर्यास्त दिखाने सनसेट प्वाइंट ले गई हैं और सारी रात बैठकर उनके दुखड़े सुने हैं। वह किसी बात से विरक्त या अचंभित नहीं हुई हैं, न बार-बार दोहराने से झुँझलाई या ऊबी हैं। ''जब भी कुछ सुलझाना हो तो धागों को खींचना नहीं चाहिए, हल्के हाथों अलगाना चाहिए।'' उनकी

खसख़सी, आकर्षक आवाज़ में यह वाक्य सबने सुना है और यह भी, ''सलूशन तो तुम्हारे ही पास है, लेकिन उसे समझने में मैं तुम्हारी मदद कर सकती हूँ।''

''नीना आँटी किसी बात से स्कैंडलाइज़ नहीं होतीं, बिलकुल जजमेंटल नहीं हैं,'' उनके भतीजे-भाँजियाँ अक्सर कहते हैं। सुनकर सुदीपा की मौसियाँ-मामा मुँह बिचका देते हैं। ''नीना कैसे स्कैंडलाइज़ होगी, उसने ख़ुद कैसे-कैसे कांड किए हैं। इतनी बदनामी, ऐसे चर्चे, शहर में लोगों को अभी भी याद हैं...''

2

सब जानते हैं कि नीना आँटी का एक इतिहास है, विद्रोहों और उद्दत्तता, प्रेम और आवेगों से रंगीन। कितनी बार परिवार ने उनका परित्याग किया और कितनी बार वापस स्वीकारा। न उन्होंने निकाले जाने पर कटुता ज़ाहिर की, न वापस जोड़ने पर कृतज्ञता। उनका स्वभाव सबसे अनोखा ही रहा—एक साथ ही घुन्नी और बातूनी, ''नीना जैसी खुली-डुली लगती है वैसी है नहीं, मन में उसके घूमर नाच से ज़्यादा घुमेरें हैं,'' उनकी बहनें कहतीं। सुदीपा ने इतने सालों में नीना आँटी को कभी किसी परिवार के सदस्य के बारे में भला-बुरा कहते नहीं सुना, न बाँटे गए भेदों पर गपोल करते। पूछने पर पुराने क़िस्से ज़रूर सुना देतीं, ज़्यादातर कॉलेज के ज़माने के क़िस्से, अपनी ही किसी उद्दंडता के।

''साड़ी में तब मेरे पैर अटकते थे,'' वे सुनातीं, ''लेकिन डैडी का हुक्म था कि लड़कियाँ सब साड़ी पहन कर ही कॉलेज जाएँगी, सो मैं सलवार-क़मीज़ पर साड़ी बाँध लेती और कॉलेज पहुँचते ही उतार कर बैग में रख लेती। एक रोज़ किसी ने डैडी को बता दिया कि नीना कॉलेज में सलवार-क़मीज़ में घूमती है, वह भी बिना दुपट्टे के। बस फिर क्या था? मेरी पेशी हो गई!'' सुदीपा के पास अपने नाना की जीवंत स्मृतियाँ कम हैं, लेकिन घर में और अलबमों में लगी तस्वीरों में उनके चेहरे का रौब-दाब और आँखों की तेज़ी ज़ाहिर है—कचहरी में बरसों जिरह करते रहने से उनके माथे पर भौंहों के बीच पड़ी एक लम्बी सलवट, चेहरे पर सब कुछ साध लेने वाला सक्षम विश्वास और बस परत-भर नीचे झलझलाता ग़ुस्सा। उनके सामने पेशी से सब भाई-बहन काँपते थे। लेकिन नीना आँटी अनूठी थीं। ''उन्होंने अपनी अदालती आवाज़ में पूछ

कि क्या तुम कॉलेज में जाकर साड़ी उतार देती हो तो मैंने झट मान लिया और कहा—जी हाँ, आपका हुक्म था कि साड़ी पहनकर कॉलेज जाऊँ, कॉलेज में साड़ी पहने रहने की ताक़ीद तो आपने नहीं की थी।'' नीना आँटी मुस्कुरातीं। ''वक़ील बाप की बेटी, इतना नुक्स निकालना तो मैं भी जानती थी। डैडी खिलखिलाकर हँस पड़े तो मैंने भी मौक़ा अच्छ देखकर साड़ी पहनकर जाने वाले हुक्म को ख़ारिज करने की अर्ज़ी दे दी—''क्यों,'' उनकी त्योरियाँ चढ़ गईं। मैंने बताया कि बस में चढ़ते-उतरते पैर उलझता है, एक-दो बार गिर भी चुकी हूँ, कॉलेज में बैडमिंटन खेलती हूँ, साड़ी से अड़चन होती है। डैडी एक क्षण घूरते रहे, फिर बोले, पहले क्यों नहीं कहा कि बस से गिरीं ? सलवार वग़ैरा ही पहनो, साड़ी तुम्हारे बस की नहीं !''

''डैडी की लाडली थी नीना, स्कूल से यूनिवर्सिटी तक फ़र्स्ट आने और बातों में तेज़ होने के कारण,'' मम्मी कहतीं, ''पढ़ाई में अव्वल हम भी थे लेकिन कभी डैडी के सामने आँखें नहीं उठाईं , चटपट बातें करना तो दूर। डैडी की ढील का ही फ़ायदा उठाया नीना ने, उन्हें ही ऐसा धोखा दिया...''

आपस में हर विषय में मतभेद रखने वाले भाई-बहन अगर किसी बात पर सहमत होते तो वह यह कि नीना ने कभी किसी की न सुनी, न मानी, हमेशा अपने मन का किया, अपने माथे के आगे किसी को नहीं समझा, किसी का मान-लिहाज़ नहीं किया।''ऐसे-ऐसे सदमे दिए नीना तूने माँ-डैडी को,'' सबसे बड़ी सरला मौसी ने एक बार कहा था, ''जब तुझे टायफ़ायड हुआ तो माँ ने तेरे लिए कल्याण जी की ओख ली थी। बेचारी ने इतने दिन रसोई में ज़मीन पर रख कर रोटी और हाथ की ओक में दाल खाई। तू ठीक हुई तो जेठ की धूप में डिग्गी गई, कल्याण जी की मान्यता पूरी करने और तूने उनका इतना-इतना मन दुखाया...''

''लेकिन फिर भी उनकी लाडो यही रही।'' बच्चू मौसी ने सिर हिलाया था।''भाग इसका। हम सब कुछ करने पर भी किसी गिनती में नहीं रहे।''कमरे भर की छातियाँ फूलीं और साँसें छूटी थीं।

नीना आँटी ने चमकती आँखों से अपनी बहनों को देखा था और शरारत से तिरछे होंठों से कहा था, ''जब माँ-डैडी को मुझसे शिकायत नहीं रही तो आप सबको अफ़सोस किस बात का ? कि आप सबने अपने मन का नहीं किया ? मन

का करना आसान नहीं, जीजी, मन का करने से पहले अपना मन जानना ज़रूरी है।''

मौसियों और मम्मी के बुझे चेहरे सुदीपा को अब भी याद हैं।

3

नीना आँटी को कोई मौसी कहकर नहीं बुलाता। उन्हें आँटी कहने की रिवायत राधिका दी ने डाली। बचपन में ही राधिका दी ने सब मौसियों-मामाओं के मौलिक सम्बोधन तय कर दिए थे, जो आगे चलकर सब बच्चों ने अपनाए, मसलन सबसे बड़े जगजीवन, बड़े मामा और सबसे छोटे जगजीत, टुन्नू मामा, डाँट भी मधुर कंठ से लगाने वाली मृणाल, मीठी मौसी और दूध न पीने पर ''बच्चू अभी तुम्हारी माँ को बताते हैं जाकर'' कहकर धमकाने वाली लीला, बच्चू मौसी। नीना आँटी के संबोधन का राधिका दी के पास कारण-परक विवेचन था—''एज़ ए किड, आई सेल्डम सॉ हर। किसी-न-किसी बात पर बैन रहती थीं फ़ैमिली से। मौसियाँ तो हमेशा मिलती हैं, कभी-कभार तो आँटी ही मिला करती हैं। दैट्स वाई...''

नीना आँटी ने आँटी कहे जाने पर कभी आपत्ति नहीं जताई न मौसी कहलाने की ज़िद दिखाई। बाक़ी घरवालों ने जब तक जाना कि बच्चे नीना को आँटी कहते हैं, तब तक बहुत देर हो चुकी थी और आँटी का सम्बोधन उनके साथ मज़बूती से जुड़ गया था। वे आँटी के रूप में रूढ़ हो गई थीं।

''शी हैज़ ऑल्वेज़ बीन डिफ़्रेन्ट। हमेशा से अपनी तरह की...सम हाउ मौसी सूट नहीं करता उनको।'' राधिका दी ने एक बार मनु जीजाजी के पूछने पर कहा था।

''आपने कभी माइंड नहीं किया ?'' मनु जीजाजी नीना आँटी की ओर मुड़े थे।

नीना आँटी हमेशा की तरह मुस्कुराई थीं।''सम्बोधन से रिश्ते नहीं बनते-बदलते, रिश्ता है तो सम्बोधन कोई भी हो, और रिश्ता नहीं तब भी सम्बोधन कोई भी हो। रंग आँखों के कारण दिखते हैं या रोशनी के कारण ?''

''नीना आँटी ज़ेन कोएंज़* में बात करती हैं।'' मनु जीजाजी ने बाद में कहा था।

सांझ की बुझती रोशनी से रंगीन बादलों के लम्बे, फ़रैरे पंख आकाश में अँके थे और पहाड़ की ढालों पर अँधेरा धीरे-धीरे चढ़ रहा था। सनसेट प्वाइंट से लौटते भाई-बहन खिलखिला उठे थे।

---

* बौद्ध परंपरा की गूढ़ पहेलियाँ जो कहानी, सूक्ति या प्रश्न के रूप में होती हैं।

''नीना आँटी पहेलियों में बात नहीं करती हैं, वो ख़ुद ही एक पहेली हैं!'' निशिता ने कहा था।''वरना आप लोगों की शादी सेलिब्रेट करके फ़ैमिली इनकोरपोरेटिड से जंग मोल लेने की उनको क्या ज़रूरत थी ?''

''कल जयपुर, बॉम्बे, भोपाल वग़ैरह शहरों के बीच कॉल-ट्रैफ़िक पीक करेगा!'' चिंतन ने आवाज़ भारी कर बड़े मामा की बढ़िया नक़ल की थी, ''नीना को क्या सूझा कि उनके साथ कोर्ट गई, उन्हें अपने घर ले गई, सारे बच्चों को इकट्ठा कर लिया, आप तो ग़लत-सलत राह चली ही, अब बच्चों को भी...ख़ैर तुम सबर रखो, सरला जीजी...''

''और मारे सबर के सरला मौसी तुरंत मीठी मौसी को फ़ोन करेंगी! बाए द एंड ऑफ़ इट, सारा ग़ुस्सा नीना आँटी पर फ़ोकस हो जाएगा, आप दोनों से कोई नाराज़ नहीं रहेगा, और सरला मौसी आपकी शादी की पार्टी रखेंगी जयपुर में, जिसमें नीना आँटी को इन्वाइट नहीं किया जाएगा!'' मन्दार ने जोड़ा।

सुदीपा को लगा था कि शायद राधिका दीदी का साथ देने में नीना आँटी का यही उद्देश्य रहा हो—सबका विरोध अपनी ओर केंद्रित कर लेना, जिससे राधिका दीदी फिर परिवार की डार से जुड़ जाएँ।

~

यह राधिका दीदी की दूसरी शादी थी और मनु जीजाजी की भी। राधिका दीदी ने पहली शादी के महीने भर बाद ही घर छोड़ दिया था। सबने उन्हें समझाया था, ''नई शादी है, थोड़ा निभाना-समझना पड़ता है, ऐसे बात थोड़ी ही तोड़ी जाती है ?'' सरला मौसी, बड़े मामा, परिवार के दूसरे लोग बॉम्बे आए थे समझाने।

''लड़का समझने को तैयार है हमें कह चुका है और तुम ज़िद किए बैठी हो, बात बिगड़ने में समय नहीं लगता...'' राधिका दीदी होंठ भींचे बैठी रही थीं, वर्किंग वुमन हॉस्टल की लॉबी थी सो सरला मौसी जो सब कहना चाहती थीं, वह सब कह नहीं पाई थीं। आखिर आधी रात गए सब उठ पड़े थे, ''तुम ज़िम्मेदार हो, अपने पैरों पर कुल्हाड़ी मारो, हम हाथ नहीं पकड़ सकते, बस अब हमारी तरफ़ मत देखना मदद के लिए। कुश के परिवार से डैडी के ज़माने का संबंध है। हमारी नाक...''

अगली साँझ जब राधिका दीदी दफ़्तर से निकली थीं तो बिल्डिंग के बाहर नीना आँटी थीं। ''तुम्हें कार सिकनेस तो नहीं होती ?'' आश्चर्य में डूबी

राधिका दीदी ने नकार में सिर हिलाया था। ''तब ठीक! मुझे चिंता थी कि कहीं घाट के घुमावों में जी न घबराए तुम्हारा। वैसे जशराम बहुत एक्सपीरिएंस्ड है, बिलकुल ध्यान से गाड़ी चलाता है। फिर भी संतरे रख लाई हूँ। अगर थोड़ा भी जी ख़राब हो तो बताना। दरअसल कार सिकनेस कुछ नहीं बस मिठास की कमी और संतुलन बिगड़ना है। आओ बैठो।'' उन्होंने गाड़ी के खुले दरवाज़े की ओर इंगित किया था। राधिका दीदी चुपचाप गाड़ी में जा बैठी थीं। अगले दिन उन्होंने अपने बॉस को फ़ोन करके दो हफ़्ते की मेडिकल लीव ले ली थी। पंद्रह दिन बाद जब वह वापस बॉम्बे लौटीं तो उनके पीले मुँह पर धूप की ताँबई झाईं थी और आँखों में घिरा खोयापन कम हुआ था। ''नीना आँटीज़ क्योर फ़ॉर ऑल—मिठास और संतुलन, स्वीट बैलेन्स...'' परिवार के सब युवाओं और युवा होते किशोरों में प्रसिद्ध हो गया था।

लम्बे खिंचे डिवॉर्स के कुछ साल बाद राधिका दीदी ने सरला मौसी को मनु जीजाजी के बारे में बताया था। ''तुम क्या करना चाहती हो राधिका, अच्छे-भले डॉक्टर लड़के को छोड़ दिया, कोर्ट में अवाल-बवाल कहा, अब यह आदमी...चालीस का होगा कम-से-कम...और मोटरसाइकिल टूर्स क्या होते हैं? लोगों को पहाड़ों में घुमाने ले जाता है? गाइड है? सारे परिवार में, परिवार में क्यों, शहर में हमारा नाम...डैडी की प्रेस्टीज...तुम्हें कोई परवाह ही नहीं...''

राधिका दीदी के होंठ फिर से भिंच गए थे।

सुदीपा, निशिता, मन्दार और मिखाइल बॉम्बे में ही थे, लेकिन राधिका दीदी के लिए लाल साड़ी, गुलाब की मालाएँ और मिठाई के डिब्बे नीना आँटी लाई थीं, कोर्ट में गवाहों में एक दस्तखत उनका भी था। ''पार्टी मेरे यहाँ!'' उन्होंने हँसकर कहा था, ''दूल्हा-दुल्हन को मैं लिए जा रही हूँ। तुम लोग दो दिन की छुट्टी लेकर आओ। वी मस्ट सेलिब्रेट राधिकाज़ हैप्पीनेस! इतने लम्बे समय बाद...''

4

नीना आँटी वाक़ई स्पेशल हैं, विशिष्ट, सबसे अलहदा, सुदीपा यह बहुत बचपन से ही जानती है। वह पाँच साल की रही होगी, गर्मियों की छुट्टियाँ थीं और बँगले में किसी दूर-पार के ज़रूरतमंद रिश्तेदार की लड़की की या किसी निर्धन

क्लायंट की बेटी की शादी का उत्सव था। ऐसी बहुत-सी शादियाँ नाना के घर पर होती थीं। ''डैडी ने कभी किसी की मदद करने से मना नहीं किया, अपात्र-कुपात्र नहीं सोचा,'' मम्मी कहतीं। ''कितनों की पढ़ाई और नौकरी लगाने से लेकर शादियाँ तक उन्होंने करवाईं। कन्या की शादी करवाना, औरतों को ओट देना तो दान-पुण्य मानते थे डैडी। पुराने शहर वाला घर उनके इसी उदारपन के कारण वह मालन हड़प गई...''

लालची मालन की कहानी परिवार की किंवदंतियों में शीर्ष स्थान पर है और मौक़े-बेमौक़े बड़े दर्द के साथ सुनाई जाती है। मालनों के दरीबे में रहने वाली जवान विधवा मालन को बदनीयत जेठ, देवरों की वजह से अपना घर छोड़ कर भागना पड़ा। जाने कहाँ-कहाँ ठोकरें खाती, आख़िर में शहर वाली पुरानी हवेली के पास सब्ज़ी की टोकरी लेकर बैठने लगी। उसके दो बच्चे भी थे। उन्हें वह अपना घर छोड़ते वक़्त अपने साथ लाई थी या वे बाद में पैदा हुए, कोई ठीक-ठीक नहीं बता सकता और न यह ही कि कब वह अपनी टोकरी ले कर हवेली की ड्योढ़ी के भीतर बैठने लगी। मोहल्ले के घरों में साग-सब्ज़ी उसी से ली जाती और शाम पड़े वह अपने बच्चों को लेकर घर की पौड़ी में ही सो जाती। उसके बच्चे कलेवे के समय ड्योढ़ी से आँगन में हेल आते, सर्दियों में लिहाफ़-जुराब और गुड़-चना, गर्मियों में सूती कपड़े और ठंडाई-कुल्फ़ी उन्हें भी मिलते। नाना उन दिनों शहर के परकोटे के बाहर, नई बसी कॉलोनी में नया घर बनवा रहे थे। जब नई कॉलोनी में बँगला तैयार हो गया तो सारा परिवार वहाँ जा बसा। कचहरी पुरानी हवेली के पास थी सो नाना कचहरी से लौटते समय कभी-कभार वहाँ चले जाया करते थे। ''एक दिन मालन ने अपने बच्चे डैडी के पैरों में रख दिए,'' मम्मी के चेहरे पर दया और अवहेलना की मिली-जुली रेखाएँ उग आतीं ''कि आप यहाँ नहीं तो इनके सर पर कोई नहीं, जात और गली के लोग दस तरह की बातें सुनाते हैं। बस डैडी का दिल पिघल गया। उसे शहर वाली हवेली में रहने दिया कि देख-भाल, रख-रखाव कर लेगी। अब उसी के बेटे बड़े भाई पर मुकदमा किए बैठे हैं कि हवेली डैडी उन्हें दे गए थे... भलाई का ऐसा फल...तीन चौक की हवेली, तिमंज़िले पर बारादरी, बैठक में इतने ख़ूबसूरत म्यूरल कि तुम्हें क्या बताऊँ...'' मम्मी गहरी साँस लेतीं। सुदीपा ने अपने नाना की पुरानी हवेली नहीं देखी, उसकी सारी यादें गुलमोहर, सिरस

और आम के पेड़ों से छायादार कॉलोनी में बने लहीम-शहीम, गहरी बालकनियों वाले दुमंज़िले मक़ान की हैं। शहर में नाना का मक़ान वक़ील साहब के बँगले के नाम से मशहूर था। मम्मी और मौसियों के लिए शादी के तीस-चालीस साल बाद भी वह बँगला ही घर है, ''डैडी का कमाया है सब, धन भी और यश भी। अभी भी लोग पता बताते हैं—बँगला वाली गली से दाहिने, बँगला वाली गली से दो गलियाँ छोड़ कर...''

''लेकिन केस के पेपर्स में तो उस मालन का एफ़िडेविट है कि उसके बेटे दरअसल नाना से हैं, नाना ने उससे उस पुराने घर के मन्दिर में ही शादी की थी, मन्दिर के पुजारी का भी स्टेटमेंट है,'' सुदीपा मम्मी को छेड़ देती।

मम्मी बिफर जातीं। ''तुमने इसलिए वकालत पढ़ी कि बुद्धि को ताक पर रख दो और सब उलटे-सीधे को सच मान लो? वह तो यह सब कहेगी ही, करोड़ों की सम्पत्ति का सवाल है। और वह बूढ़ा पंडा असल में उसके साथ रहता है बरसों से, सबके सामने बहन कहता है लेकिन गली में सब लोग जानते हैं उनका क्या रिश्ता है...उसी के लड़के हैं...डैडी ने माँ के लिए घर में ही मन्दिर बनवा दिया था कि गर्मी-सर्दी में बाहर पूजा के लिए जाने की परेशानी न हो इसलिए...इतना प्यार था उन्हें माँ से...''

''हो सकता है नाना गिल्ट फ़ील करते हों नानी के प्रति, ओवरकंपनसेट कर रहे हों...''

मम्मी उठ पड़तीं। ''तुम बच्चों से बात करना मुहाल है, मान-मर्यादा, बड़ों का लिहाज़ कुछ नहीं...डैडी के बारे में ऐसी बातें...माँ के जाने के बाद आधे रह गए थे...''

'दैट्स बिकॉज़ ऑफ़ हैबिट, इतने लम्बे समय साथ रहने से साथ की आदत पड़ जाती है, आदत का प्यार से क्या लेना-देना?' सुदीपा कहती नहीं, सिर्फ़ सोच लेती।

नानी तो सुदीपा की स्मृति में नाना से भी मद्धिम और सुदूर हैं। तस्वीरों में सरला मौसी और मम्मी जैसी आँखों और अंतर्मुख चेहरे वाली नानी की, उबलकर गुस्साने और ठठाकर हँसने वाले नाना से कैसे बनी होगी? ''डैडी सबके लिए उदार थे, घर और बाहर वालों में कभी भेदभाव नहीं किया उन्होंने...'' मम्मी या मौसियाँ जब-तब कहतीं। सुनकर दोनों मामाओं के चेहरे

कस जाते और माथे पर नाना वाला इकहरा बल गहरा जाता। नाना के पारे से चढ़ते-उतरते मिज़ाज की मार उन्होंने झेली थी, मुहावरन भी और वस्तुत: भी। ''डैडी इज़्ज़त उतार लेते थे, मौक़ा-महल कुछ नहीं देखते थे...बड़े भाई और मैं दोनों मन में काँपते थे कि डैडी कब किस छोटी-सी बात पर अपनी घनघोर आवाज़ से दफ़्तर या कोर्ट गुँजाते हुए कहें, 'बरख़ुरदार! आप तो एकदम नायाब हैं, लाखों में एक हैं, आप-सा नालायक और जाहिल वक़ील हाई कोर्ट, लोअर कोर्ट और अदना कचहरियाँ मिला कर भी नहीं मिलेगा।' टुन्नू मामा ने एक बार कहा था, 'उनके व्यंग्य की धार खाल छील देती थी...' '' जाने सुदीपा ने नाना का धारदार स्वर सचमुच सुना था या सुनी-सुनाई बातों के आधार पर झूठ-मूठ की स्मृति गढ़ ली थी लेकिन जब भी कोई नाना की बात करता है तो उसे एक खरा-खनकता कंठ-स्वर सुनाई देता है, दर्प से करारा और आश्वस्त।''तुम बच्चों ने जब देखा डैडी को, तब तो अपनी परछाईं भर रह गए थे...।'' मम्मी कहतीं।

उन गर्मियों कोई दान-पुण्य वाली ही शादी थी। हमेशा की तरह पूरा परिवार बँगले पर इकट्ठा हुआ था। औरतें दोपहर से ढोलक ठनका कर बन्ने-बन्नियाँ गा रही थीं, घर के पीछे बड़े से अहाते में शामियाने लगे थे। एक कोने में तंदूर और चूल्हे पर हंडे चढ़े थे, नंगे बदन हलवाई और उसके सींक-सिलाई से दुबले-भूखे लड़कों की जमात हलवा, मट्ठी, इमरती बनाने में जुटी थी। सुदीपा का भाई-बहनों से झगड़ा हो गया था और उसे खेल से निकाल दिया गया था, उसके छोटे कटे बालों और पीली फ्रॉक का भी मज़ाक़ उड़ाया गया था। सिर्फ़ निशिता ने चिढ़ाने में सबका साथ नहीं दिया था, एक कोने में हाथों से आँखें ढाँपे खड़ी रही थी। सुदीपा से छोटी बस एक निशिता ही थी। सुदीपा धूप में रखी बर्नियों से चुराया अध-गला और तुर्श अचार उसके साथ बाँट कर खाती थी और भविष्य के मंसूबे बनाती थी। दोनों ने स्कूल में खेती पर एक फ़िल्म देखी थी और तय किया था कि वे सूरजमुखी फूलों की खेती करेंगी और बड़े भाई-बहनों को उनमें से एक भी फूल नहीं देंगी। उसे खेल से निकाल कर भी सबको तसल्ली नहीं हुई थी। ''बेबी-कट, लेमन-ड्रॉप, इफ़ वी पुश यू'ल गो फ़्लॉप...'' गाते-चिढ़ाते किसी ने उसे धक्का दे दिया था।

''क्राए-बेबी! अब मधु मौसी के पास जाएगी शिकायत लगाने, टैटल-टेल!''

सुदीपा ने आँसू पोंछ कर सबसे नज़दीक खड़े चिंतन को पूरी ताक़त से धकेला था। ''आए एम नॉट...'' ग़ुस्से से तमतमाती वह सीढ़ियों की ओर दौड़ गई थी। दुमंज़िले के ऊपर बड़ी खुली छत थी। ठीक बीचोंबीच सीमेंट का बड़ा-सा चबूतरा था, जिस पर शाम को पानी छिड़क कर बिस्तर लगा दिए जाते थे। गर्मियों की रातें, ठंडे गद्दों पर तारों-तले सोना और बीच रात कोकिल की गुहार से जाग पड़ना सुदीपा को अब भी याद है। चबूतरे के नीचे, गोल किए गद्दों और तकियों के अंबार के बीच धँस कर, अपने गालों को हथेलियों के बीच दबा वह रो उठी थी। छत के एकांत में आवाज़ या उद्गार दबाने की क्या ज़रूरत? सो पूरे कंठ से रोते-रोते भाई-बहनों के नाम ले-लेकर, स्कूल बस के ड्राइवर से सुनी गालियाँ दोहराने लगी। ''ओहो!'' किसी का हँसी-भरा स्वर सुनकर सुदीपा की साँस अटक गई थी। उसने कसकर बंद आँखें धीरे से खोली थीं और मसनदों के बीच से झाँक कर देखा था—चबूतरे के पास एक जोड़ी गदबदे टखने और सुनहरी चप्पलों में मक्खनी पैर। क्षण भर में टखनों, पैरों और चप्पलों की मालकिन ने कमर से झुककर चबूतरे तले झाँका था। सुदीपा एकदम चुप। उसको ताकता भरे गालों वाला ईंगुरी चेहरा नीना आँटी का था। 'आज तो ख़ैर नहीं,' सोचकर सुदीपा तकियों, मसनदों के बीच सरकने की कोशिश करने लगी।

''बाहर निकलो, आओ,'' नीना आँटी ने हाथ बढ़ाया और सुदीपा की बाँह पकड़ कर नरमी से खींची। उनकी मुस्कान से कुछ आश्वस्त, कुछ आशंकित सुदीपा धीरे-धीरे चबूतरे के नीचे से निकली। नीना आँटी खुलकर मुस्कुरा रही थीं, उनके गालों में गड्ढे पड़ रहे थे और माथे पर डूबते सूरज की लाल-सुनहरी आभा थी। बाक़ी मौसियों-मामियों की तरह वह भारी ज़री-रेशम और कुंदन के ज़ेवरों से लदी नहीं थीं। सुदीपा को बाँहों के नीचे से उठाकर चबूतरे पर बैठाने वाले हाथों में मेहँदी नहीं लगी थी, न लाख का चूड़ा खनक रहा था। वे पीले रंग पर मेजेंटा फूलों वाली पिंडलियों तक झूलती ड्रेस पहने थीं और उनके कंधों के ज़रा नीचे तक कटे बालों में लहरें थीं। सुदीपा रोना भूल उन्हें मुँह बाये देखती रही। नीना आँटी उसकी बग़ल में बैठ गई।

''पहले तो मुझे लगा बिल्ली है शायद, चादर-तकियों में उलझ गई है लेकिन फिर वो गालियाँ! तबियत हरी हो गई सुनकर! कहाँ सीखीं तुमने? मद्दी

तो पागल-बुद्धू कहने पर मुँह धुलवा देती हैं!''

''स्कूल बस का ड्राइवर...टैक्सी, स्कूटर वालों को कहता है, सब हँसते हैं...''

''अच्छा! क्या डिलीशस आइरनी है!'' नीना आँटी ने पॉकेट से रूमाल निकालकर उसकी आँखें और गाल पोंछे। ''नाक तुम ख़ुद ब्लो करो!''

आँख-नाक पोंछकर सुस्थ होने पर नीना आँटी ने हाथ की किताब में उँगली लगाकर पूछा था—''झगड़ा हुआ? मार-पीट?'' फ्रॉक पर लगी धूल हल्के हाथों झाड़ी थी, ''सच अ प्रिटी कलर...''

सुदीपा की छाती फूल उठी थी, आँखों में आँसू किरकिरी से चुभने लगे थे। ''मुझे लेमन-ड्रॉप कहते हैं...''

''नानसेंस। यू लुक लाइक अ डैफ़ोडिल, इस रंग के फूल पर एक महान कवि ने एक महान कविता लिखी है।''

''सब मुझे चिढ़ाते हैं, आए-स्पाई नहीं खिलाते, कहते हैं मैं बेबी हूँ, मुझे हंड्रेड तक गिनती नहीं आती...लेकिन मुझे आती है और मैं क्लास में फ़र्स्ट आई हूँ और राधिका दीदी को सिस्टर ने नील-डाउन करवाया था, लेकिन मुझे कभी नील-डाउन नहीं करवाया, मैं गुड हूँ और चिंतन और तुहिना दीदी ने भगवान जी वाली सारी मिठाई नानी से बिना पूछे खा ली, लेकिन मैंने नानी को नहीं बताया...'' सुदीपा एक साँस में कहती गई थी।

नीना आँटी ने ग़ौर से सुना था, बीच-बीच में सिर भी हिलाया था। ''बहुत अच्छा। मुझे अच्छा लगा तुम गुड हो और गालियाँ भी जानती हो। दोनों चीज़ें ज़रूरी हैं। वैसे आए-स्पाई निहायत ही मामूली खेल है, बिगाड़ने में एक मिनट लगता है। मान लो कि तुम वहाँ उस कोने से नीचे देखो तो तुम्हें पूरा बाग़ दिखाई देगा और जो भी जहाँ भी छुपे हैं, टंकी के पीछे या बॉगनवेलिया वाले आर्बर* में या पेड़ों की आड़ में तुम्हें दिख जाएँगे। अब मान लो कि तुम यहाँ छत से पुकार कर सबकी छुपने की जगहें बता दो तो सबका खेल ख़राब हो जाएगा।'' सुदीपा तुरंत चबूतरे से कूद पड़ी थी। ''लेकिन तुम गुड हो सो शायद ऐसा न करो।''

एक क्षण असमंजस में खड़ी रहने के बाद सुदीपा छत के कोने की ओर दौड़ गई। कुछ क्षण बाद वह लौटी थी।

''राधिका दीदी टंकी के पीछे छुपी थीं और बुद्धू चिंतन बैंच के नीचे!''

---
* कुञ्ज

नीना आँटी ने किताब से आँखें उठाई थीं। ''गार्डन में छुपने की जगहें बहुत कम हैं, लेकिन मैं तुम्हें एक अच्छी जगह बता सकती हूँ।''

सुदीपा के होंठ गोल हो गए थे, आँखें फिर से डबडबाने लगी थीं। ''वो कह रहे हैं कि मैं नीचे आऊँगी तो मुझे मारेंगे...''

''अरे, अच्छ? ख़ैर तुम्हें नीचे जाने की ज़रूरत ही क्या? ये लो, धीरे-धीरे चूसना, एकदम चबा कर मत खा जाना!'' उन्होंने अपनी ड्रेस की जेब से बड़ी-सी सफ़ेद मिंट की गोली निकाली थी, ''अब सुनो,'' वह किताब खोलकर पढ़ने लगी थीं—'जॉव्स लाइटनिंग्स, प्रीकर्सर ऑफ़ द ड्रेडफुल थंडरक्लैप...' सुदीपा मिंट का ठंडा रस मुँह में घुलाती ध्यान से सुनती रही। नीना आँटी लहरदार तरल आवाज़ में पढ़ रही थीं। चाहे शब्द उसके पल्ले नहीं पड़ रहे हों, लेकिन उनकी आवाज़, भ्रू-विन्यास, हाथों का उठना-गिरना—सब बड़ा आकर्षक था। बीच-बीच में पढ़ना रोक कर नीना आँटी उसे कहानी बताती जातीं, ''एरियल नाम की आत्मा ने समुद्र में तूफ़ान उठाया है, वह मिलान के ड्यूक का ग़ुलाम है। जो ड्यूक कहता है एरियल को करना पड़ता है, एरियल प्रिंस फ़र्डिनेंड को आएलैंड पर ले आया है, अब ड्यूक की बेटी मिरेंडा को फ़र्डिनेंड पसंद आ गया है, दे हैव फ़ॉलेन इन लव...''

पाँच या छह साल की सुदीपा का चुटीला मन नीना आँटी ने ऐसे सहलाया था—मिंट की गोली और शेक्सपियर के *द टेम्पेस्ट* के पाठ से!

～

सुदीपा ने एक बार मम्मी से इस स्मृति की बाबत कहा था। मम्मी ने नाक चढ़ाई थी और उनकी लौंग में जड़ा हीरा झिलमिलाया था, जैसे उसे भी नीना आँटी के ज़िक्र पर एतराज़ हुआ हो। ''जाने किसकी बात कर रही हो, तुम पाँच साल की थीं तब तो नीना का परिवार से कोई संबंध ही नहीं था। तब तक तो सारे बड़े कांड कर चुकी थी वह, शहर के शहर में बिन ब्याहे अलग रहती थी, सबकी नाक कटा रही थी।''

''आप सबकी शादियाँ नाना ने इतनी जल्दी कर दी थीं, नीना आँटी की क्यों नहीं?''

''कर तो घणी देते, लेकिन यहाँ उससे शादी करता कौन? एक लड़के के साथ भाग गई थी। पूरे शहर में ख़बर फैली थी, मेरी शादी के कुछ ही दिन पहले...''

''अच्छा! हाउ इम्प्रेसिव! क्या उम्र थी उनकी जब भागी थीं?''

''इम्प्रेसिव? घर भर चिंता और निंदा से पागल, पुलिस के पास जाना पड़ा था ढुँढ़वाने। कॉलेज के दूसरे साल में थी, बच्ची नहीं थी कि कोई फुसला कर ले जाए। एक जगह शादी की बात क़रीब-क़रीब पक्की हो गई थी। डैडी को माफ़ी माँगनी पड़ी थी हाथ बाँध कर—मेरी लड़की की नालायकी, मेरी नालायकी...'' मम्मी का मुँह ग़ुस्से से तमतमा गया था।

''आप भी कमाल हो मम्मी! इतनी पुरानी बात पर अब भी इतना ग़ुस्सा!''

''ग़ुस्सा कैसे नहीं आएगा? अपनी चिंता नहीं तो कम-से-कम दूसरों के बारे में तो सोचना चाहिए था, हमें अपनी ससुरालों में क्या-क्या सुनना पड़ा उसकी वजह से और छोटे भाई के रिश्ते में भी अड़चनें...कभी अपने सामने किसी और के बारे में न सोचना, ऐसी है तुम्हारी नीना आँटी।''

''किसके साथ भागी थीं? व्हाट हैड हैपेंड?''

मम्मी एक क्षण चुप रही थीं, आँखें इधर-उधर कुछ खोजती-सी।''ध्यान नहीं। अब पुरानी बात हुई, सब कुछ कहाँ से याद होगा...''

5

पुराने अलबमों में मम्मी और उनकी चारों बहनों की कई काली-सफ़ेद और रंगीन तस्वीरें थीं। धुँधली या रि-टच्ड तस्वीरों के सपाटपन में भी वे सब कितनी ग्लैमरस दिखती थीं—बैक कॉम्ब किए बाल, कानों में बड़ी-बड़ी बालियाँ-झुमके, चुस्त-सलवार-क़मीज़, घुमा-फिरा कर बाँधी गई साड़ियाँ, कैमरे पर सधी आँखें और हँसी में खिले होंठ। पुरानी फ़िल्मों की हिरोइन लगती थीं सब। उन नाजुक भवों और धनुष से होंठों वाली लड़कियों में माँ और मौसियों को ढूँढना सुदीपा के लिए असम्भव था। केवल नीना आँटी ही पहचानी जा सकती थीं—गुलथुल देह और सितारों जैसी आँखें। सुदीपा का मानना था कि मम्मी का नीना आँटी पर ग़ुस्सा दरअसल ईर्ष्या है। अच्छे नम्बर लाने के बावजूद मम्मी को संगीत में विशारद नहीं करने दिया गया था। यूनिवर्सिटी का फ़ॉर्म उन्होंने चुपचाप भर दिया था, लेकिन शादी के बाद पढ़ाई का सिलसिला चला नहीं। और उधर सिर्फ़ एक साल छोटी नीना आँटी, बावजूद घर से भाग जाने के, पढ़ती

रहीं, यहाँ तक कि विदेश भी गईं, यानी हर तरह से अपने मन का करती रहीं। ''इनफ़ टू मेक एनीवन मैड,'' सुदीपा ने निशिता को कहा था। निशिता ने कंधे उचकाए थे। ''जस्ट लाइक देम। जो कोई उनके जैसा नहीं है, वो ग़लत है और बुरा है।'' निशिता दिल्ली में पढ़ रही थी। उसने घरवालों को बिना बताए बालों की लटें गुलाबी रंगवा ली थीं। छोटी मामी ने फ़ेसबुक पर उसकी तस्वीर देख ली थी। उसके बाद आए तूफ़ान में निशिता ने घर के फ़ोन उठाना बंद कर दिया था और सुदीपा के पास मुंबई आ गई थी। बाद में उसने यह पद्धति ही अपना ली थी—घर का कोई नियम भंग करना और सुदीपा के पास चले आना। पी. जी. वाली मिसेज़ डोटीवाला सुदीपा से कहतीं, ''योर सिस्टर्स हियर। इस बार क्या करके आया है वो?'' सुदीपा को फ़ोन पर झिड़कियाँ मिलतीं, ''तुम शह न दो तो बार-बार भागकर तुम्हारे पास ही क्यों आए? तुम्हारी वजह से कितने उलाहने सुनने पड़ते हैं...'' निशिता सुदीपा की पुरानी जोड़ीदार थी। ''मैं उसे कैसे मना करूँ? आप लोग उसकी जान के पीछे पड़ जाते हैं छोटी-छोटी बातों पर। उसके बाल, उसकी मर्ज़ी, घर से धमकियाँ देंगे तो कहाँ जाएगी वो?''

''ये सब नीना की शह का असर है तुम पर कि तुर्की-बतुर्की जवाब दे रही हो।''

''हर बात में दोष नीना आँटी का...'' सुदीपा झल्ला कर फ़ोन रख देती।

~

नीना आँटी के भागने का पूरा क़िस्सा सुदीपा ने राधिका दीदी से सुना था। डिवॉर्स केस के कठिन सालों के दौरान कभी-कभी राधिका दीदी उसे फ़ोन करती थीं और वह कॉलेज में क्लासेज़ ख़त्म होने के बाद उनसे मिलने चली आती थी। एक मौन अभिसंधि के चलते परिवार या केस के बारे में कोई बात नहीं की जाती। राधिका दीदी फ़ोन पर ऑर्डर कर पिज़्ज़ा मँगवातीं, वे दोनों देर रात तक जयपुर की चाट और जलेबी और बाज़ारों-दुकानों की बातें करते। राधिका दीदी, सुदीपा की मकान-मालकिन को फ़ोन करके तसल्ली देतीं कि सुदीपा उन्हीं के पास रुकी है। ''येस, मिसेज़ डोटीवाला, डोंट वरी मिसेज़ डोटीवाला, ऑफ़कोर्स मिसेज़ डोटीवाला,'' राधिका दीदी गम्भीर आवाज़ में कहती जातीं, ''आए विल मेक श्योर शी गोज़ टू कॉलेज टूमॉरो, मिसेज़ डोटीवाला।'' अगले दिन दोनों, जब भी नींद खुलती, उठतीं और चौपाटी के लिए निकल जातीं, राधिका दीदी ऑफ़िस से छुट्टी लेकर और सुदीपा कॉलेज से बिना छुट्टी लिए। चौपाटी की

असंख्य पैरों-तले दबी-कुचली, पकी-थुपी मिट्टी पर नंगे पाँव घूमतीं, कोलाबा की गलियों में भरी-दोपहर भटकतीं और शाम को मरीन ड्राइव पर सूर्यास्त के बुझते आकाश और उस पर अँके छायाचित्रों से लोगों को देखतीं।

राधिका दीदी और सुदीपा के बीच बारह वर्ष का अंतर है। धुर बचपन में राधिका दीदी अपनी गुड़िया के हेयर-ब्रश से सुदीपा के बाल सँवारती थीं, लेकिन किशोरावस्था में आने पर वे उसे अपनी सहेलियों से भरे कमरे में घुसने नहीं देती थीं। सुदीपा को उनके कमरे के बंद दरवाज़े के सामने अपना ठिनकना अब भी याद है। सुदीपा के मुंम्बई आने और कॉलेज में दाख़िला लेने के बाद बीच के बारह वर्ष घुल गए थे। सुदीपा ने देखा था कि उन दिनों हर वक़्त पीले, कसे चेहरे वाली राधिका दीदी उसके साथ कुछ सहज होती थीं। ‘‘दीपू सम थिंग्ज़ आर कॉम्प्लेक्स...’’ उन्होंने कहा था। उनकी शादी टूटने के बारे में परिवार में तरह-तरह की बातें थीं। कुश जीजा जी को सुदीपा ने बचपन से देखा था, गाने और खाने के शौक़ीन, मैथ्स पढ़ाने को हमेशा तैयार और शादी के समय चुपचाप बिना ना-नुकुर किए हल्दी-मेहँदी-जूता-छुपाई के सारे नेग-शगुन करवाने वाले।

‘‘कुश जीजा जी कितने हैंडसम हैं...एंड ही इज़ सच फ़न टू...’’ सुदीपा ने कुछ डरते धीरे से कहा था।

‘‘थिंग्स आर कॉम्प्लेक्स...’’ राधिका दीदी की आँखें अरब सागर की लहरों में खोई रही थीं। ‘‘कुछ चीज़ें समझना मुश्किल होता है, इसलिए नहीं कि तुम समझ नहीं सकती हो, बल्कि इसलिए कि अभी मैं उन्हें ऐसे शब्दों में समझा नहीं सकती कि कहते मुझे चोट न लगे। इट इज़ स्टिल रॉ...’’

‘‘सॉरी...’’

‘‘ना, सॉरी की क्या बात। तुम्हारा पूछना नैचुरल है। मैंने भी ऐसे ही एक बार नीना आँटी से पूछा था कि उन्होंने उस लड़के से शादी क्यों नहीं की थी, यू नो द वन शी एलोप्ड विद।’’ धूप-पीली रेत पर राधिका दीदी ने अपना दुपट्टा बिछा दिया था। दोनों उस पर बैग सिर के नीचे लगा कर लेटी थीं। इस बात पर सुदीपा कुहनी के बल उठ बैठी। ‘‘कौन था जिसके साथ नीना आँटी घर से भाग गई थीं? मम्मी तो कभी पूरी बात बतातीं ही नहीं...’’

राधिका दीदी हँस दी थीं। हँसने पर उनका चेहरा हल्का लगता था, आँखों का रूखापन भीना हो जाता था। ‘‘दैट्स सो लाइक मधु मौसी! अगर किसी को

भी गाली देते सुन लेतीं तो हम सबको लाइन में खड़ा करके नमक और फ़िटकरी के पानी से कुल्ले करवाती थीं। जब तुम होने वाली थीं तो चिंतन ने एक बार उनसे पूछा था कि आपके पेट में बेबी कैसे आया तो कहने लगीं कि भगवान ने दिया है। मैंने कह दिया कि भगवान ने नहीं, नरेन मौसाजी ने सूसू से डाला है! बस फिर तो तूफ़ान आ गया! छोटे-छोटे बच्चे ऐसी बातें कहाँ से सीखते हैं, तुम्हारे घर में क्या हो रहा है सरला जीजी,'' राधिका दीदी और सुदीपा दोनों हँसी से दुहरे हो गए।

''आए कैन पिक्चर मम्मी! सारंग भाई को फ़ोन पर एक बार पोर्न देखते देख लिया! डैडी को कहना पड़ा—तेईस साल का है, तुम क्या चाहती हो, उसे क्या कहूँ मैं? पुअर, इनोसेंट मम्मी! उन्हें ज़िन्दगी में कितने शॉक लगे होंगे।'' सुदीपा ने हँस कर कहा था और राधिका दीदी की आँखें फिर दूर जाने लगी थीं। ''नीना आँटी वाली बात बताइए ना...''

राधिका दीदी ने बालों से पिन निकालकर सिरहाने रख ली थीं, हवा ने खुले बालों में रेत के कण बुरक दिए। ''अकोर्डिंग टू मम्मी, पड़ोस में लड़का था, काफ़ी हीरो-टाइप था! सारी बहनें उसे देखा करती थीं बहाने-बहाने से!''

''रियली?''

''और क्या? कोई कम नहीं थीं हमारी मम्मियाँ, बड़ी रंगीन-मिज़ाज थीं!''

''आए कांट बिलीव! मम्मी तो ऐसा कर ही नहीं सकती थीं!''

''हाँ, मधु मौसी नहीं लेकिन मीठी मौसी और नीना आँटी दोनों! मम्मी और बच्चू मौसी की तो ख़ैर शादियाँ हो गई थीं, लेकिन आए बेट वो भी...!''

''ऐसा क्या था उस लड़के में?''

''लम्बा-चौड़ा, ड्रीमी आँखों वाला, शायरी-वायरी करता था, इतनी लड़कियों की नज़रों से बेपरवाह-सा रहता। मम्मी कहती हैं कि कभी उन लोगों की तरफ़ देखता भी तो ऐसे जैसे एहसान कर रहा हो। इस कारण भी शायद और अट्रैक्टिव लगता हो। परिवार भी अच्छा था, फ़ादर चीफ़ इंजीनियर, अकेला लड़का, बहनों वग़ैरह की शादी हो गई थी। एक दिन मम्मी ने देखा कि नीना आँटी बालकनी में बैठी हैं और गमले में लगे चंपा के पौधे से फूल तोड़-तोड़ कर नीचे गिरा रही हैं। नीचे पड़ोसी का वही लड़का बड़े मामा के साथ कैरम

खेल रहा है। उन्होंने नीना आँटी को दबी आवाज़ में डाँट लगाई कि नीचे सुनाई न पड़ जाए। मम्मी की भाषा में नीना आँटी ने बेशर्मों वाली हँसी हँस दी। जब उस लड़के ने ऊपर की ओर देखा और शरारत से मुस्कुराया तब मम्मी को कुछ शक हुआ, लेकिन मधु मौसी की तबियत ख़राब थी और उनकी शादी की तारीख़ भी नज़दीक थी तो सब उसी में लगे थे। मम्मी अब भी अफ़सोस करती हैं कि उन्होंने नाना को तब ही क्यों नहीं बता दिया, लेकिन एक तो नाना का इतना डर, फिर घर में मेहमान, नीना आँटी के रिश्ते की भी बात क़रीब-क़रीब पक्की हो गई थी, पटना की एक बड़ी फ़ैमिली में।''

''मैं तो इमेजिन ही नहीं कर सकती नीना आँटी का बड़ी-छोटी कैसी भी फ़ैमिली के साथ रहना...'' सुदीपा की आँखों के सामने भीड़ भरे घर की छत पर अकेले शेक्सपियर पढ़तीं नीना आँटी आ गई थीं। सॉलिटेरी, सबके बीच अंतराल खोज एकाकी, दल में अलग-थलग चुगती गौरैया, एकल, व्यस्त, अपने में पर्याप्त।

''क्लीयरली नीना आँटी भी ऐसा ही सोचती थीं! मम्मी कहती हैं कि उन्होंने शादी से साफ़ इनकार कर दिया था लेकिन हमारे नाना ज़ोर से दहाड़े, हमारी पसंद से शादी नहीं करोगी तो क्या घर से भाग कर करोगी? गेव हर द आयडिया! दो दिन बाद वह कॉलेज गई और वापस नहीं आईं। बाद में पता चला कि कॉलेज गईं ही नहीं थीं, सीधे रेलवे स्टेशन और उस लड़के के साथ जाने बॉम्बे या डैली...नो वन नोज़। सोचो, मधु मौसी की शादी के मेहमान आ रहे हैं एंड नीना आँटी एलोप्ड! बात छुप भी नहीं सकी, पूरे ख़ानदान, अड़ोस-पड़ोस, शहर भर यहाँ तक कि दूसरे शहरों में बसे परिचितों को भी पता चल गई। नाना ने पुलिस कमिशनर से कहा कि इज्ज़त तो गई, अब नीना को नहीं खो सकते, उसे ढूँढ लाओ।''

''हाउ मेलोड्रमैटिक! ये लोग कैसी बातें करते हैं! मम्मी भी आँखें चढ़ा कर, मुँह पर शहीदाना भाव लाकर, कहेंगी—नाक मत कटवा देना, तुम्हारे नाम के साथ बड़े नाम जुड़े हैं, शेखावटी में पूर्वजों के नाम से आज भी घाट और मन्दिर हैं...!''

''टिपीकल!''

''नीना आँटी में बहुत हिम्मत थी कि भाग गई...''

''अरे दैट्स नॉट ऑल! भागीं और वापस भी ख़ुद ही आ गईं!''

''व्हाट आर यू सेइंग दीदी? ख़ुद ही वापस...बाप रे...फिर?''

''मम्मी कहती हैं कि सात-आठ दिन बाद जब सब थके-माँदे, रो-धो कर परेशान थोड़ा आराम कर रहे थे, नीना आँटी लौट आईं। उन्हें भीतर आते किसी ने नहीं देखा। शायद बँगले का कोई दरवाज़ा खुला रह गया हो और उसी से आ गई हों। चार बजे जब बच्चू मौसी कमरे में से निकलीं तो देखा कि नीना आँटी नहा-धो कर आँगन में बाल सुखा रही थीं। बच्चू मौसी की चीख़ निकल गई, उन्हें लगा कि नीना आँटी मर गई हैं और उनका भूत घर को हॉन्ट कर रहा है!'' राधिका दीदी ने हँसते-हँसते खाँसती सुदीपा की पीठ थपकी। ''फिर जब उन्हें विश्वास हो गया कि भूत-वूत नहीं सचमुच की नीना आँटी हैं तो वह पहले से भी ज़ोर से चीख़ीं! ऊपर की मंज़िल से नाना-मामा सब निकल आए, नानी भी और नीना आँटी को देखते ही बेहोश हो गईं और सबका ध्यान उन्हें रिवाइव करने में लग गया। शायद इसी वजह से नाना ने वहीं-के-वहीं नीना आँटी को गोली नहीं मार दी।''

सुदीपा की आँखें गोल हो गईं। ''फिर?''

''फिर उनकी लानत-मलामत हुई। सबने कहा कि उस लड़के से इसकी शादी करवा दो। मम्मी बताती हैं कि मीठी मौसी बहुत चिढ़ीं—उससे शादी करवा दो, भागने का ईनाम दिया जा रहा है नीना को! लेकिन नीना आँटी ने शादी से बिलकुल मना कर दिया, बोलीं—फिर से भाग जाऊँगी! इंटेरेस्टिंग्ली मम्मी बताती हैं कि उनके भागने के बाद से घर के सब लोग उनसे कुछ-कुछ डरने लगे कि नीना से कुछ मत कहो पता नहीं क्या कर डालेगी। नीना आँटी की धमकी पर नाना पीछे हट गए, वैसे भी उन्हें वह लड़का पसंद नहीं था, जब भी उसका ज़िक्र होता कहते—कविता करना भाँडों का काम है, पढ़ाई-लिखाई को पानी में डुबो रहा है। नीना आँटी की इतनी बदनामी हो गई थी कि कहीं और शादी होना सम्भव नहीं था, इसलिए उन्हें आगे यूनिवर्सिटी में पढ़ने दिया। सचमुच ईनाम मिल गया उन्हें भागने का, वरना मम्मी और मौसियों की तरह अट्ठारह में शादी और बीस में बच्चे।''

''बट दीदी, उन्होंने उस लड़के से शादी क्यों नहीं की? आए मीन उसके साथ चली गई थीं, शी मस्ट हैव बीन इन लव...'' राधिका दीदी ने बाँहें उठाईं

और बाल बाँधने लगीं। ''मम्मी कहती हैं, जब उन्होंने पूछा तो नीना आँटी ने कहा कि वह लड़का एकदम बोरिंग था, इतनी सुंदर आँखों के पीछे सन्नाटा, मम्मी को उनके शब्द अभी भी याद हैं...मम्मी का कंक्लूज़न था कि नीना आँटी को सबने ज़रूरत से ज़्यादा सिर पर चढ़ाया और ये हादसा उसी का नतीजा था, उनका कहना है—इंट्रेस्टिंग क्या होता है, तब तो सिनेमा हॉल से शादी कर लो, लेकिन सब दिन वह भी दिलचस्प नहीं होता है...''

''वाओ! लेकिन अजीब बात लगती है, नीना आँटी उस लड़के के साथ अपनी मर्ज़ी से गईं और फिर वही उन्हें बोरिंग लगा ?''

राधिका दीदी उठ पड़ीं थीं। धूप की चिलक से उनकी आँखें झिंपी और उन्होंने काला चश्मा लगा लिया था। ''दीज़ थिंग्स आर कॉम्प्लकेटेड...'' उनका स्वर धीमा था जैसे अपनी ही आवाज़ की अनुगूँज हो।

<h1 style="text-align:center">6</h1>

सुदीपा ने बचपन से नाना के ढेरों क़िस्से सुने हैं—उनके ग़ुस्से, उनकी प्रखर प्रज्ञा, उनके शहर भर में रुतबे के। बड़े मामा अब भी नाना का ज़िक्र आते ही कंधे सीधे कर लेते हैं और आज भी मम्मी बेडरूम से बिना क़रीने से साड़ी पहने और बिंदी लगाए नहीं निकलतीं। ''डैडी को सब चुस्त-दुरुस्त और वैल ड्रेस्ड अच्छे लगते थे। बड़े भाई को कहते थे—बरख़ुरदार कंधे झुकाए रहेंगे तो क़िस्मत बोझ लादती जाएगी। सीधे खड़े होइए, जब इम्तिहान में फ़ेल होने में शर्म नहीं आई तो अब किस बात की शर्म ? बेचारे बड़े भाई लॉ के फ़ाइनल ईयर में फ़ेल हो गए थे, उस साल उन्हें टायफ़ाइड हुआ था, बहुत कमज़ोर हो गए थे। दो महीने तो बिस्तर से उठ ही नहीं पाए थे, लेकिन डैडी डिसिप्लिन के इतने पक्के थे। क्या मजाल कि बड़े भाई चूँ भी कर दें या कह दें कि सेहत ख़राब होने की वजह से इम्तिहान में रह गए। इसलिए हम सब भाई-बहनों को बहाने बनाने की आदत नहीं, जो करना है सो करना है, उसमें हील-हुज्जत कैसी।''

इतने सालों पहले नीना आँटी के विद्रोह के क़िस्से सुनकर सुदीपा बहुत प्रभावित हुई थी। ''सच स्पंक! ऐसा धृष्ट साहस और ऐसी मज़बूती कि पूरे परिवार का विरोध शरबत-सा पी गईं और अपनी ज़िद पर अड़ी रहीं। बिलकुल भी आसान नहीं रहा होगा।''

''आसान-मुश्किल क्या, घर से भाग कर आँखों की सारी शर्म खो दी, पहले भी कुछ ज़्यादा नहीं थी,'' मम्मी ने कहा था। ''बाद में बिलकुल बेशर्मी ठान ली। डैडी ने भी ढील दी कि शादी-ब्याह होना तो दूभर होगा, सो पढ़ ही ले लेकिन वह नीना क्या जो छूट मिलने पर छूट की मर्यादा माने...उसके बाद क्या ही नया शगूफ़ा छोड़ा उसने...''

नया शगूफ़ा यानी विदेश पढ़ने जाना।

यूनिवर्सिटी में टॉप करने के बाद किसी को बिना बताए नीना आँटी ने इंग्लैंड पढ़ने जाने की योजना बनाई थी और घर भर के तमाम विरोध, भर्त्सना, ग़ुस्से और आँसुओं के बावजूद चली भी गई थीं। केवल अपने बूते। ''जीवट हमेशा से था नीना आँटी में। सबको डिफ़ाए करके अकेले कैसे किया होगा ?''

''अकेले कहाँ, वो उसके प्रोफ़ेसर साहब जो थे, सब उनका ही किया-धरा था...चुपचाप-चुपचाप फ़ॉर्म भरवाना, स्कॉलरशिप की परीक्षा की तैयारी करवाना...सारा-सारा दिन ग़ायब रहती थी नीना। पूछो तो कहती—यूनिवर्सिटी में, लाइब्रेरी में। हममें से किसी को हवा भी नहीं लगने दी कि क्या खिचड़ी पक रही है। डैडी के सामने तो फिर भी कुछ लिहाज़ करती...लेकिन बाक़ी कभी किसी को कुछ समझती नहीं थी। सरला जीजी ने एक बार देर से लौटने पर कहा तो हँस कर बोली—आप लोगों ने समझा फिर भाग गई, अब की ऐसे नहीं, बता कर जाऊँगी...और ऐसी बात की पक्की कि वाक़ई बता कर गई... जाने किसकी घुट्टी लगी थी नीना को...''

नीना आँटी को फ़ुल स्कॉलरशिप मिली थी। दाख़िले की चिट्ठी ले जाकर नाना की मेज़ पर रख दी थी। ''डैडी हक्का-बक्का रह गए। अकेली लड़की को उन दिनों विदेश भेजना...उन्होंने साफ़ मना कर दिया तो चिट्ठी उठाकर चली गई। पूरा महीना किसी को भनक नहीं कि तैयारी की जा रही है, किताबें, कपड़े जुटाए जा रहे हैं, चिट्ठी-पत्रियाँ हो रही हैं, प्लेन का टिकट बुक हो रहा है...''

''लेकिन इन सब के लिए पैसे कहाँ से आए ?''

''वही प्रोफ़ेसर...हर मर्ज़ की दवा, बल्कि दवा क्या, ख़ुद ही पूरा मर्ज़। जाने से दो दिन पहले खाने की मेज़ पर ऐलान किया नीना ने—जा रही हूँ, दो साल का मास्टर्स, तीन भी लग सकते हैं। बस बिलकुल ऐसे जैसे सलवार-

क़मीज़ का कपड़ा ख़रीदने बाज़ार तक जाने की बात कर रही हों—सपाट-सट। डैडी आग, बेचारी माँ बदहाल। लीला माइग्रेन का इलाज करवाने भोपाल से आई हुई थी, उसने बताया कि डैडी ने इतनी ज़ोर से कुर्सी पीछे धकेली कि चार टुकड़े हो गए। बोले—दो दिन में क्यों, आज ही तशरीफ़ ले जाइए, हम तो बस पैदा करने और परवरिश देने भर के गुनहगार हैं, सारे ज़रूरी फ़ैसले तो आप ख़ुद ही कर लेती हैं। बस नीना उठी, सामान तो पहले ही बाँधा हुआ था, उसी वक़्त निकल गई। मुंबई तक छोड़ने प्रोफ़ेसर और उसकी बीवी गए...''

''इतनी ब्रिलिऐंट थीं, अच्छा किया कि हिम्मत की। आप लोगों के लिए भी अच्छा ही है, अकेली नीना आँटी के कारण ही आप लोगों की लाइफ़ कुछ इंट्रेस्टिंग है, वरना एकदम रूखी-सूखी, फीकी लाइफ़! सारी गॉसिप का मसाला तो उनका ही सप्लाई किया हुआ है!''

''ऐसी हिम्मत करना कोई बड़ी बात नहीं, जो किसी की परवाह न करे, तुम जैसे उसे हिम्मती कहेंगे...माँ को ऐसी हालत में छोड़ कर...जब नीना घर से निकली, डैडी दुमंज़िले पर कमरे में बंद और माँ आँगन में बेहोश, बेचारी लीला सर पकड़े एक कोने में। बड़े भाई को दूसरे दिन अजमेर जाकर बड़ी भाभी और महीने भर के मनन को लाना पड़ा...ये सब तुम्हें हिम्मत लगता होगा भई, हमें तो निरी कृतघ्नता लगती है। माँ-बाप दु:ख देने के लिए पैदा नहीं करते बच्चे।''

''तो किसलिए करते हैं? गुड़िया-गुड्डे की तरह खेलने के लिए? नीना आँटी स्पिरिटेड[*] थीं, वरना आप लोगों की तरह शादी हो जाती और बस।''

''ठीक कहती हो, हमने तो कुछ ठीक किया ही नहीं वरना अपने ही बच्चों से ये सब सुनना होता? हमने और कुछ किया हो या न किया हो, तुम्हारी नानी से इस तरह बात कभी नहीं की...''

आख़िर में नानी के कारण ही नीना आँटी को फिर परिवार में शामिल किया गया। वैसे नानी चुप रहने वालीं, कबूतर के पर फड़फड़ाने पर धड़कन बढ़ाने वाली भीरू स्त्री थीं। नाना का कहा ब्रह्म-वाक्य था उनके लिए और नाना ने कह दिया था कि नीना आँटी से उनका अब कोई सम्बन्ध नहीं। लेकिन जब नीना आँटी को गए कुछ महीने हो गए तब नानी ने ही उनके प्रोफ़ेसर को घर चाय पर बुलाया। प्रोफ़ेसर सपत्नी आए और बिना पूछे ही नीना के बारे में बताने लगे—मॉडर्न पोयट्री पढ़ रही है, कलासिक्स भी, बहुत अच्छी रिपोर्ट्स हैं,

---

[*] दबंग

उसके प्रोफ़ेसर काम की तारीफ़ कर रहे हैं, अगले माह एक महत्त्वपूर्ण परीक्षा है—वग़ैरह-वग़ैरह। नानी चुपचाप अपने चाय के प्याले में आँसू गिराती सुनती रहीं। जाते-जाते प्रोफ़ेसर नीना आँटी का पता दे गए और तसल्ली भी। उनके जाते ही नानी रसोई में गईं, नौकर से घर-बने घी का कनस्तर उतरवाया और आटा, गोंद और मेवे कड़ाही-भर घी में भूनने लगीं। नाना लौटे तो घर गमक रहा था। नानी को बुला भेजा, पूछा कि बेमौसम गोंद के लड्डू कैसे ? इतनी गर्मी में कौन खाएगा ? नानी ने धीरे से कहा कि अंग्रेज़ मुल्क में हमेशा ठंड होती है सुना...नीना के इम्तिहान हैं, मग़ज़ का इतना काम, जाने क्या खाने को मिलता हो, न मिलता हो, कमज़ोरी आँखों और दिमाग़ में घर कर जाएगी।

''डैडी ने माँ को एक नज़र देखा और नहाने चले गए। माँ के लिए इतना काफ़ी, बस लड्डू, मठरी, बड़ियों, गाँठियों का पार्सल भेज दिया नीना को। उन दिनों विदेश पार्सल भेजना आसान काम नहीं था, महीना लगता था, माँ ने सब कुछ घी में भून-भान कर इसीलिए बनाया था कि ख़राब न हो। पार्सल मिलने पर नीना ने चिट्ठी लिखी, माँ सबको दिखाती फिरीं—पढ़ाई बहुत अच्छी है, मौसम ठीक-ठाक, खाना बदमज़ा, टाट में पैक और लाख की चिपड़ी की सील वाला पार्सल देखते ही समझ गई कि घर से आया है माँ के हाथ का, और भी जाने क्या-क्या, एकाध तस्वीरें भेजीं और डैडी के लिए अलग चिट्ठी, यूनिवर्सिटी के इतिहास, नामवर प्रोफ़ेसरों, लाइब्रेरी में अनगिनत किताबों के बारे में। डैडी की ख़ुद इंग्लैंड जाकर पढ़ने की बड़ी ख़्वाहिश रही थी कभी लेकिन उनके पिता एकदम कच्ची गृहस्थी छोड़कर अचानक कहीं चले गए थे, डैडी को तो पढ़ते-पढ़ते काम करना पड़ा था, घर चलाना, भाई-बहन, माँ सबको सँभालना...नीना कम चतुर नहीं थी, चिट्ठियों में वहाँ की बातें-ब्योरे...डैडी पिघल गए...''

''ठीक ही तो था, नाना को तो ख़ुश होना ही चाहिए था, नीना आँटी ने उन्हीं की इच्छा पूरी की। और फिर फ़ैमिली में भागने का ट्रेडिशन है—आपके दादा, नीना आँटी...''

''हमारे दादा का मिलान तुम नीना से न करो, दादा विद्वान थे, संस्कृत के महा-पंडित, उनके बनवाए मन्दिर-बावड़ी अभी भी हैं। उन्हें तो बैराग हो गया था, सब कहते हैं—एक दिन सुबह निकले और बस नहीं लौटे, कटहल बहुत पसंद था उन्हें, उनके जाने के बाद घर में लगा कटहल का पेड़ फलना

बंद हो गया, ऐसी शक्ति थी उनमें...''

''बीवी-बच्चों को छोड़ कर गए और ऐसे सेलफ़िश कि उनके पीछे कोई उनकी फ़ेवरेट सब्ज़ी न खा ले तो पेड़ को कर्स कर गए और आप उनकी तारीफ़ कर रही हैं?''

''हर बात में मज़ाक़ अच्छा नहीं होता, सुदीपा...''

''हमारे यहाँ तो किसी भी बात में मज़ाक़ अच्छा नहीं होता...''

7

नीना आँटी के इंग्लैंड से लौटने के बाद की बातें सुदीपा ने मीठी मौसी से सुनी थीं। सब सुदीपा की शादी के लिए बँगले पर इकट्ठा हुए थे। वह पार्लर जा रही थी, ब्राइडल-पैकेज लिया था, फ़ेशियल, मसाज और भी बहुत कुछ। मीठी मौसी भी उठ खड़ी हुई थीं, ''भई, हम भी करवाएँगे ब्राइडल-ट्रीटमेंट। शादी के पहले हमारे रोज़ दही-हल्दी करती थीं माँ, शादी के रोज़ मसालदानी-सी गंध आती थी, बालों तक में घुस जाती थी वो गंध, साबुन से धोने से भी न जाने वाली...''

सब हँस पड़े थे।

''मृणाल शुरू से शौक़ीन मिज़ाज की है,'' सरला मौसी ने कहा था।

''और ज़रा झूठी भी!'' बच्चू मौसी ने छौंकन लगाई थी, ''डैडी सबके लिए इम्पोर्टेड पर्फ़्यूम मँगवाते थे और चंदन की बट्टियाँ। मसालदानी की गंध घर में सिर्फ़ मसालदानी में से ही आती थी। अब तुम्हें नीना-सा चिकना-चुपड़ा दिखने का शौक़ है सो अलग बात है।''

''नीना इंग्लैंड से लौटने पर लिपिस्टिक-क्यूटेक्स लगाकर ऐसी फ़ैशनेबल दिखती थी कि क्या कहें!'' बाद में मीठी मौसी ने सुदीपा को बताया था। ''हमें तो शादी के बाद भी इजाज़त नहीं थी इन सबकी। सास कहती थीं—होंठ-हाथ पर रंग लगा हुआ ऐसा लगता है जैसे यों हाथ से किसी का ख़ून किया हो और यों मुँह पर मला हो। तुम्हारे मौसा के साथ बाहर जाती थी तो घर से निकलकर गाड़ी में बैठ कर मेकअप करती और घर में घुसने से पहले मुँह-आँख पोंछ लेती।''

''वाओ! शादी की थी या ग़ुलामी का कॉन्ट्रैक्ट, मौसी?''

‘‘भई, रिश्तों में बहुत कुछ सहना-निभाना होता है, नहीं तो राधिका जैसे घर छोड़ कर माता-पिता को दुःखी तो हम भी कर सकते थे।’’ उन्होंने गहरी साँस ली। ‘‘यह ज़माना ही अलग है...’’

‘‘ज़माना-अमाना कुछ नहीं होता मौसी, मन की हिम्मत होती है। नीना आँटी तो आपके ही ज़माने की हैं...’’

‘‘नीना से बराबरी करने की सहार तो तब भी नहीं थी, दीपू रानी, वरना पड़ोसी के लड़के के साथ न भाग जाती ?’’ मीठी मौसी हँसीं। उनके चेहरे पर मालिश करती युवती ने एक क्षण हाथ रोक लिया।

‘‘यू वर ऑल क्रेज़ी अबाउट हिम और भागीं नीना आँटी !’’

‘‘पूछो मत ! जब नीना ने उससे शादी करने से मना कर दिया तो कैसे-कैसे नौहरे खाए थे उस बेचारे ने। सालों शादी नहीं की, जब नीना की इंग्लैंड में मँगनी की बात सुनी तब घर आया पूछने। उसे तो विश्वास ही नहीं हुआ। आख़िर शहर ही छोड़ कर चला गया। बाद में सुना काँच का सामान बनाने की फ़ैक्टरी लगाई कहीं। एक दिन कोई मशीन ख़राब हुई, मरम्मत करवा रहा था कि काँच के सामान का पूरा ज़ख़ीरा गिर पड़ा उस पर...सुना पोर-पोर काँच से बिंध गया था उसका...जाने नीना में ऐसा क्या था कि आदमी उसके पीछे ऐसे पागल...मोटी सी ही थी हमेशा से, चेहरे-मोहरे में भी तुम्हारी माँ सी सुदर्शन नहीं...’’

पेट के बल लेटी सुदीपा ने गर्दन घुमाई। ‘‘नीना आँटी की इंगेजमेंट हुई थी ? मम्मी ने तो कभी नहीं बताया।’’

‘‘मधु बस मधु है, कहीं तुम भी नीना-सी न बिगड़ जाओ, शायद इस डर से नहीं बताया।’’

‘‘किससे हुई थी ? पूरा बताइए, मौसी।’’

‘‘अब बड़ी हुई तुम, शादी-वादी होने जा रही है, अब भी कहानी का शौक़ !’’

फ़ेशियल, वैक्सिंग, हेयर-स्पा के दौरान, शादी के ठीक पहले के उत्सुक प्रतीक्षा भरे दिनों में सुदीपा ने नीना मौसी के सबसे बड़े कांड की कहानी सुनी थी। उन दिनों की कभी न लौटने वाली टटकी ख़ुशी में नीना आँटी की मुश्किलों का अवसाद घुल-मिल गया था। जब भी सुदीपा अपनी शादी की तस्वीरें देखती

है, उन पर नीना आँटी की अधूरी मँगनी और अबूझ त्रासदी की छाया डोलती दिखती है।

इंग्लैण्ड जाने के शायद साल भर बाद नीना आँटी की चिट्ठियों में एक लड़के का ज़िक्र अक्सर आने लगा था—भारतीय है, प्योर मैथ्स और फ़िज़िक्स पढ़ रहा है, धनी परिवार का, कॉलेज में दो कमरे किराए पर लेकर रहता है, मेधावी इतना की पूरी छात्रवृत्ति और हर साल अव्वल, स्वभाव का सीधा-सरल। नानी ख़ुशी-ख़ुशी नाना को बतातीं—परदेस में अपने यहाँ का कोई तो है, बोलने-चालने को ही तरस जाती वरना नीना...वह पार्सल में उस लड़के के हिस्से के बादाम-लड्डू और फीके सेव भेजने लगीं। उस लड़के का ज़िक्र सुन कर नाना की भौंहें तन जातीं। आख़िर जब नीना आँटी ने लिखा कि उस लड़के ने शादी का प्रस्ताव किया है और उन्हें आपत्ति का कोई कारण नज़र नहीं आता तब नाना का अवाक् ग़ुस्सा शब्दों में फूटा। नालायक, बड़ों का लिहाज़ न करने वाली, बिगड़े-सिर बेटी को वह फिर एक बार परिवार से अलग करने चले।

''नीना को बेदख़ल करने वाले विज्ञापन का मज़मून लिखवा दिया था डैडी ने मुंशी जी को...'' मीठी मौसी ने सिर में चंपी करवाते हुए कहा था। ''लेकिन लोगों ने समझाया—इसमें बुरा क्या? पिछली बार की तरह भाग तो नहीं गई? विदेश में है, कुछ आड़ा-तिरछा कहा और उसने कुछ कांड कर दिया तो? और लड़का अच्छा है, घर भी। नीना जितना पढ़ा दूसरा कोई कहाँ मिलेगा और मिल गया तो क्या उसके घर से भागने की बात सुनकर बिदक नहीं जाएगा? लड़का भगवान ने भेजा है, नीना का कुँवारपन उतारने को।''

वह लड़का नीना आँटी के मंगेतर के रूप में स्वीकार लिया गया। दो सालों में पढ़ाई ख़त्म कर नीना आँटी घर लौट आईं—एक अच्छी डिग्री, एक उससे भी अच्छे मंगेतर और एक बहुत बुरी आदत के साथ।

''क्या बुरी आदत?''

''सिगरेट पीने की। पहली बार जब मैंने उसे सिगरेट पीते देखा...नली मुँह से लगाकर धका-धक् धुआँ उड़ाते, मेरा तो शरीर काँप गया। तुम लोग नहीं समझ सकते अब तो जयपुर-अजमेर में भी लड़कियाँ दिख जाती हैं सिगरेट पीतीं। तब तक हमने सिर्फ़ अंग्रेज़ी फ़िल्मों में देखा था औरतों को...सबसे आश्चर्य तो यह कि वह लड़का बजाय नीना की आदत पर आग-बबूला होने

के उसके होंठों में फँसी सिगरेट सुलगाता, जब नीना को सिगरेट की तलब होती बहाने-बहाने से घर के बाहर ले जाता...वाक़ई जाने क्या था नीना में...उस इतने होशियार लड़के को भी अँगुलियों पर नचाती थी। यहाँ हम अपने पतियों की ख़िदमत करते नहीं थकते और वहाँ वह लड़का नीना का मुँह जोहे, उसका बैग उठाए, उसकी कुर्सी सरकाए...''

''आप वह लड़का, वह लड़का क्यों कहती हैं ? उसका कोई नाम होगा ?''

''नाम अब कहाँ याद ? हमारे लिए तो वह नीना का मंगेतर था। लीला उसे नीना का पालतू कहती थी !''

''कैसा था वह ? पड़ोसी के लड़के जैसा ?''

''न-न उससे बिलकुल उल्टा ! एकदम संजीदा, क़रीने से काढ़े बाल, सूट-बूट-चुरूट ! कविता-अविता से दूर का मेल नहीं, सारे समय जाने क्या गणित की जोड़-बाक़ी, इक्वेशंस, अलाना-फलाना की बातें करता था...''

लौटने पर नीना आँटी अपने प्रोफ़ेसर से मिलने गईं। वे ऑनर्स से पास हुई थीं, कॉलेज की पत्रिका में शोध-पत्र छपे थे और वहाँ के प्रोफ़ेसरों ने तारीफ़ों से भरे अनुशंसा-पत्र भी लिख दिए थे। वे रिसर्च करना चाहती थीं। विषय उन्होंने स्वयं ही चुन लिया था, रूपरेखा भी बना ली थी। प्रोफ़ेसर ने उनका रिसर्च-गाइड बनना स्वीकार किया और डिपार्टमेंट में कुछ क्लासें भी दे दीं।''टेम्पोरेरी लेक्चरर लगा दिया था नीना को,'' मीठी मौसी ने कहा था।''उन दिनों पढ़ी-लिखी लड़कियाँ कम होती थीं और वह जिनके घरवाले उन्हें नौकरी करने दें और भी कम। नीना की तब की सारी तस्वीरें डैडी ने अल्बम से निकलवा दी थीं वरना तुम्हें दिखाती, बिना बाँहों का ब्लाउज़, वायल की साड़ी, दमकता मुँह... नीना बिलकुल अलग ही दिखती थी...लेकिन हम सब बहनें जानती थीं कि ये चमक-चौंध ऊपर-ऊपर की थी, वो जैसी दिखती है वैसी है नहीं...''

''मतलब ?''

''मतलब विदेश से लौटने पर उसने जैसे कुछ बंद कर लिया हो कस के अपने भीतर। बातें तो पहले भी छुपाती थी लेकिन अब तो बिलकुल घुन्नी। शुरू-शुरू के दिनों में तो अपने मंगेतर के साथ गार्डन घूमने चली जाती, या हम सबके साथ चाट-वाट खाने, मगर धीरे-धीरे सबसे कटने-सी लगी। बस अपनी

किताबें और यूनिवर्सिटी। बातें कम, हँसना-वँसना उससे भी कम। इस बीच उसके मंगेतर को बहुत अच्छी नौकरी कलकत्ता में मिल गई, विदेशी कम्पनी थी, उस ज़माने में घर और गाड़ी दे रहे थे। डैडी, माँ सब ख़ुश नीना के भाग्य पर, शादी की बातें होने लगीं। लेकिन वह नीना क्या जो सीधे-सीधे लीक पर जाती बात में अड़ंगा न लगाए। कहने लगी कि कलकत्ता नहीं जाऊँगी, रिसर्च पूरी करनी है, यूनिवर्सिटी में पक्की नौकरी की बात हो रही है। सबने समझाया कि भई तेरी लड़के से क्या बराबरी? उसे ऊँची नौकरी मिल रही है और तू दो सौ रुपल्ली की लेक्चररशिप की बात कर रही है, बस भड़क गई। जब ग़ुस्सा होती है नीना तो सुर और भी ठंडा कर लेती है। बोली कि जितनी उसने पढ़ाई की, मैंने भी की, पढ़ाई के लिए तो देश-परिवार ही छोड़ दिया था, इससे तो सिर्फ़ मँगनी हुई है...''

आख़िर बिगड़ी बात नीना आँटी के मंगेतर ने ही बनाई। कलकत्ते वाली नौकरी छोड़ दी और वहीं यूनिवर्सिटी में नौकरी की अर्ज़ी दे दी। पूरा परिवार उसकी तारीफ़ करते नहीं थकता, बहनें कहतीं—पिछले जन्म में ज़रूर शिव मनाए होंगे नीना ने कि ऐसा वर मिला। लेकिन नीना आँटी जैसे सबसे निर्लिप्त। जब उस लड़के को यूनिवर्सिटी में सीधे रीडर का पद और शोध के लिए विशेष वृत्ति दी गई तब भी नीना आँटी ने कोई ख़ुशी ज़ाहिर नहीं की, जैसे अपने मंगेतर की सफलता से उनका कोई सरोकार ही न हो।

''कौन जाने उसके मन में क्या चल रहा था। फिर उन्हीं दिनों पड़ोस के लड़के की ख़बर भी आई।''

''वही जो काँच की किरचों से ज़ख़्मी हो गया था?''

''हाँ, अस्पताल में पड़ा था, किरचें बहुत भीतर तक घुस गई थीं छाती-कंधों में। उसने नीना को शादी के तोहफ़े के तौर पर अपनी फ़ैक्टरी में बना काँच का पूरा डिनर-सेट, टी-सर्विस, लेमन-सेट और भी जाने क्या-क्या भेजा था। डिब्बे के डिब्बे सामान, इतना कि घर में रखने की जगह न थी। आख़िर में सारा सामान उसी लड़के के घर में रख देना पड़ा था। सुना था कि नीना के लिए वो तमाम काँच के प्याले-पिरिच, हंडे-कुंडे भेजने के बाद उसने अपनी फ़ैक्टरी बंद कर दी थी, जैसे सिर्फ़ यही सब बनाने के लिए खोली हो और अस्पताल से, मय शरीर में धँसी किरचों के, ग़ायब हो गया।''

‘‘ग़ायब ?’’

‘‘हाँ, बिलकुल सिरे से ग़ायब, किसी ने उसे फिर कभी नहीं देखा, उसके माँ-बाप तो दु:ख में पागल हो गए और उनकी बड़ी बेटी एक दिन आकर उन्हें अपने साथ ले गई। बस तब से ही वह घर बंद पड़ा है, उसमें कोई नहीं रहा।’’

सुदीपा ने बँगले के पड़ोस का घर हमेशा बंद ही देखा था। उसकी दीवारों में पीपल जम गए थे और झाड़-झंखाड़ भरे बग़ीचे में बिल्लियाँ धमा-चौकड़ी मचाती थीं।

‘‘हम छोटे थे तब बग़लवाले घर में ऐसे अच्छे करौंदे लगते थे, लेकिन कोई हमें वहाँ जाने नहीं देता था।’’

‘‘कैसे जाने देते ? जाने की बात दूर, हम तो उस घर के बग़ल से गुज़रने में कतराते थे। तुम बच्चे विश्वास नहीं करोगे लेकिन बहुत सालों तक जब भी हममें से कोई उस घर के पास से गुज़रता, काँच के बर्तनों के खनकने की आवाज़ सुनाई देती...लेकिन यह बहुत बाद की बात है, नीना के मंगेतर वाली घटना के बहुत बाद, जब सारी आशा ही ख़त्म हो गई कि नीना की भी कभी शादी होगी...’’

‘‘कौन-सी घटना और नीना आँटी अपने मंगेतर की नौकरी पर ख़ुश क्यों नहीं थीं ?’’

‘‘नीना की माया नीना ही जाने, हम लोग तो बड़े ख़ुश थे कि दोनों एक जगह काम करेंगे, साथ-साथ जाएँगे, साथ-साथ आएँगे, घोंसले में चिड़ा-चिड़ी की तरह मगन रहेंगे। ऐसा भी नहीं कि नीना ने किसी से कुछ कहा ही हो...’’

बाद में जब एक दिन बात निकली, तो मम्मी ने भौंहों में बल डालकर कहा था, ‘‘कहने-न-कहने से क्या होता है ? गुड़े तो तब ही पता चल गया था कि बात बिगड़ने वाली है जब हम सब बहनों ने मिलकर नीना का वधू-भोज किया था। तब यह सब बैचलर पार्टी-वार्टी नहीं होती थी, लेकिन हमने तय किया कि नीना और उसके मंगेतर के लिए कुछ अलग करेंगे। डैडी ने हिज़ हाईनेस से कहकर उनकी हंटिंग लॉज हमें एक दिन के लिए दिलवा दी थी और हम सब बहनों ने नीना और उसके मंगेतर के लिए उसी महल में डिनर का इंतज़ाम किया था। हमने क्या-क्या तो खाना पकवाया, कैसी-कैसी आतिशबाज़ी करवाई, ग्रामोफ़ोन पर नीना की पसंद के गाने बजवाए। अपने

पसंदीदा गानों पर नीना को नाचने का बड़ा शौक़ था, लेकिन नीना महारानी हॉल के झरोखे में बैठीं रहीं सिगरेट मुँह में लगाए। नाचना तो दूर पैर से ताल भी नहीं दी। और वह बेचारा लड़का, सरला जीजी उसे नीना का पालतू कहती थीं, ऑरेंज जूस पीता रहा पूरी शाम और जिस-तिस को अपनी रिसर्च के बारे में बताता रहा। किसी ऐसे फ़ॉर्मूले पर काम कर रहा था, जिससे अनगिनत पैटर्न पहचाने जा सकते थे, तरह-तरह के नतीजों का अनुमान लगाया जा सकता था। उसका कहना था कि गणित में हलचल मचा देगा उसका काम। वह नीना के आस-पास मँडराता रहा और नीना मजाल है कि उस पर उड़ती नज़र भी डाल दे। बस मुँह सुजाए सिगरेट फूँकती रही।''

सुदीपा ने कल्पना करने की कोशिश की—नीना ऑंटी का मैथ्स-जीनियस मंगेतर और आँखें फिराए, भरे-भरे होंठों को सिगरेट पर कसे नीना ऑंटी। ''बाद में जो कुछ हुआ उसके कारण शायद आपने ऐसा सोचा हो कि नीना ऑंटी और उनके मंगेतर में किसी तरह का टैंशन था। उस वक़्त आपको कुछ गड़बड़ लगती तो आप मीठी मौसी या सरला मौसी को नहीं कहतीं ? या ख़ुद नीना ऑंटी से ही नहीं पूछतीं ? मीठी मौसी कहती हैं कि नीना ऑंटी सब बहनों में आपको ही मानती थीं।''

मम्मी का चेहरा कस गया था। ''किसी को कुछ नहीं मानती नीना, न आज न पहले। और मैं किसी से क्या कहती ? कहना तो नीना को चाहिए था जब शादी की तैयारियाँ ज़ोरों पर थीं, कार्ड छप रहे थे, दावतों के मेन्यू तय हो रहे थे...हर बार जब कुछ सही करने का मौक़ा आता, नीना ग़लत ही करती। जाने कैसे ग्रह-नक्षत्रों में पैदा हुई थी...''

नीना ऑंटी के शादी के कुछ ही दिनों पहले वह हादसा हुआ—नीना ऑंटी का मंगेतर ग़ायब हो गया।

''ग़ायब माने सिरे से ग़ायब।'' मीठी मौसी ने मुँह पर रखे भाप से गर्म तौलिए-तले से कहा था।

नीना ऑंटी के मँगेतर के माँ-बाप दूसरे शहर में रहते थे। नाना को ही यूनिवर्सिटी से फ़ोन आया कि दो दिनों से काम पर नहीं आया है, कोई सम्पर्क नहीं, न छुट्टी की अर्जी, एक जरूरी मीटिंग से अनुपस्थित। ''यहाँ उसके सरपरस्त डैडी ही थे। डैडी ने तुरंत बड़े भाई को उसके घर भेजा तो घर पर ताला,

नौकर, मकान-मालिक किसी को ख़बर नहीं। डैडी बेचारे हलकान-परेशान, सब तरफ़ खोज-ढूँढवा रहे और इस तूफ़ान में नीना ऐसे जैसे किसी दूर-परे के रिश्तेदार की बात हो, न एक बार पूछा कि वह कहाँ गया, न कुछ बताया, न रो-धो कर ही जी हल्का किया। जब वह लड़का मिला और उसके माँ-बाप रातोंरात आए तो घर में अगर किसी की आँखें गीली नहीं थीं तो वह थी नीना।''

''बेचारी नीना आँटी। उन्हें कितना शॉक लगा होगा।''

''और जो कुछ हो नीना, बेचारी बिलकुल नहीं। हो सकता है सदमा हो। लेकिन मैं तो इतना जानती हूँ कि नीना ने किसी के सामने एक आँसू नहीं बहाया। जब अस्पताल में उस लड़के की माँ रो-रोकर बेहाल हो रही थी और पिता ऐसे सफ़ेद पड़ गए थे जैसे शरीर में ख़ून की एक बूँद भी न बची हो, तब नीना एक कोने में गुमसुम खड़ी थी। उस हालत में अपने मंगेतर को देखकर भी रेत-मिट्टी सा रूखा-सूखा रहना...तीन टुकड़े हो गए थे बेचारे के, छाती चाक हो गई थी...''

नीना आँटी का मंगेतर रेलवे-लाइन पर मिला था। रात के अंधेरे में कोई तेज़-गति रेलगाड़ी उसके टुकड़े कर, पटरी-पहिए के खड़ताल-से बजाती निकल गई थी। सुबह-सुबह जब सिग्नल मैन ने आधी नींद में गाड़ी के लिए हरी झंडी उठाई तो उसकी नज़र ट्रैक पर पड़ी। उसका कहना था कि पहली बार देखने पर उसे लगा कि लाल गुलाब के फूलों की गठरी बिखर गई है। गाँव से फूल बेचने वाले अलस्सुबह आते थे। उसने सोचा कि शायद जल्दी में एक गठरी हाथगाड़ी पर से गिर गई होगी। बाद में उस सिग्नल मैन ने अपने बच्चों की क़सम खाई थी कि बिखरे फूलों की गठरी पर तितलियाँ और भौंरें मँडरा रहे थे और इसीलिए उसने आने वाली गाड़ी को दूसरे ट्रैक पर स्विच करने के बाद तुरंत अस्पताल फ़ोन नहीं किया था बल्कि फूल समेटने के लिए घर से बाँस की टोकरी ले आया था। नज़दीक पहुँचने पर फूल नीना आँटी के मंगेतर की तीन टुकड़ों में कटी लाश में कैसे बदल गए, वह नहीं बता पाया। वह तो सदमे के मारे धप्प से प्लेटफ़ॉर्म पर बैठ गया था जहाँ उसे ढूँढने आए रेलवे गार्ड ने रुँधे गले से आयँ-बायँ बकता पाया था।

''लोग क्या-क्या इमेजिन कर लेते हैं, मौसी, बेचारा नीना आँटी का मंगेतर ट्रेन-ट्रैक पर पड़ा हुआ था और वह आदमी फूल और भौंरों की कल्पना कर रहा था।''

''हुँ...लेकिन एक अजीब बात हुई थी, नीना के मंगेतर की जेब से गुलाब के फूलों की पंखुड़ियाँ निकली थीं। बल्कि उसकी जेबें लाल पंखुड़ियों से भरी हुई थीं।''

''वियर्ड...जेबों में गुलाब भर कर मरने गए थे ?''

''कौन जाने...और इतना ही नहीं, उसकी मौत के बाद बँगले में लाल गुलाब के पौधों पर फूल नहीं आए। माँ ने कितनी बार नई पौध लगवाई, मिट्टी बदलवाई, खाद-पानी, धूप छाँह सबका कितना ध्यान रखा लेकिन...ऐसा होनहार लड़का पीछे यह छोड़ गया—गुलाब के बाँझ पौधे और वह चिट्ठी...''

8

वह चिट्ठी माने नीना आँटी के अनाम मंगेतर की कटी छाती की जेब में मिला रक्त-रंजित ख़त। नीरस और शुष्क बातें करने वाले गणितज्ञ प्रेमी ने चिट्ठी को अपने ख़ून में सराबोर करने से पहले उस पर अपना दिल निकाल कर रख दिया था। नीना आँटी को उद्दाम प्रेम से भरे सम्बोधनों से पुकारा था, अपने अडिग प्यार का हवाला दिया था और गहरी पीड़ा से भरकर पूछा था—तुम मुझ पर इतना भयावह अत्याचार क्यों कर रही हो नीना ? इतनी विदारक क्रूरता...मैं तुम्हारे लिए प्यार से ऐसे भर गया था जैसे आकाश की सबसे ख़ूबसूरत चिड़िया के लिए पेड़ की डाल ख़ुद-ब-ख़ुद हरी-भरी हो जाती है। तुम मेरे लिए सुनसान समुद्र का द्वीप हो, नीना। क्या तुम यह नहीं जानतीं ? तुम्हारे पैरों पर गिर कर मिन्नत कर लेता यदि उससे बात बनती, तुम्हें छोड़ कर दुनिया के दूसरे छोर पर चला जाता अगर उसमें तुम्हारी ख़ुशी देखता। लेकिन उस बूढ़े, शादीशुदा प्रोफ़ेसर के लिए कभी नहीं, कभी भी नहीं। तुम्हारी ख़ुशी उस गंजे-हकले बदनीयत आदमी के साथ नहीं है नीना।

''बदनीयती के बारे में उसका दावा सच्चा-झूठा जो भी हो, लेकिन गंजे और हकले होने के इल्ज़ाम एकदम ग़लत थे। नीना का प्रोफ़ेसर ऊँचे माथे और रुक-रुक कर, एक-एक शब्द टोह कर बोलने वाला गम्भीर विद्वान था।'' मीठी मौसी ने चिट्ठी के बारे में बताते हुए जोड़ा था। चिट्ठी उन्हें मुँह-जुबानी याद थी। ''पूरे चौबीस बार नीना का नाम था चिट्ठी में। ऐसी चिट्ठी कि हँसी आए और

रोना भी, गुदगुदी हो और रोंगटे भी खड़े हो जाएँ—तुम्हारी बाँहों और होंठों के आगे मैंने अभी सपने देखना भी शुरू नहीं किया है, नीना। तुम्हारे शरीर में छिपे सुख मेरे लिए वैसे ही हैं जैसे लहर के लिए चाँद। तुम्हें पता है नीना कि मुझे जागने पर पहला और सोते समय आख़िरी ख़याल किसका होता है? नीना, नीना नीना...मेरा मन दो अक्षरों से बना है, दो अक्षर मेरे भीतर गहरे खुब गए हैं, दो अक्षर मेरे लिए शब्द भी हैं और अर्थ भी, ऐसे असम्भव, ऐसे चौंधियाने वाले दो अक्षर जैसे दो सूर्य...फिर तुम मुझे ऐसी यन्त्रणा कैसे दे सकती हो? वह शादीशुदा, वादा-खिलाफ़ी करने वाला बेशर्म आदमी जिसकी काठ-सी सूखी देह तुम्हारे हाथ लगाने से कड़क की आवाज़ के साथ टूट जाएगी, उससे क्या उम्मीद करती हो तुम? वह तुम्हारे लिए अगर प्रेम-कविताएँ लिखता है, तो अपनी बीवी से छुप-छुप कर, तुम्हें वह निहायत बेहूदा कविताएँ पढ़ कर सुनाता है, तो डर-डर कर। ऐसे कायर के लिए मुझे यंत्रणा? नीना, प्यारी नीना...''

''गॉश! वाक़ई काफ़ी हैवी क़िस्म की चिट्ठी थी। कहीं से भी रोमांटिक नहीं।''

''तुम लोगों के लिए तो चाँद-तारे भी रोमांटिक नहीं। हम लोगों ने तो ऐसी चिट्ठी किताबों में भी नहीं पढ़ी थी।''

मगर चिट्ठी रोमांटिक हो-न-हो, विस्फोटक ज़रूर थी। नीना आँटी के मंगेतर ने लिखा था कि नीना सगाई तोड़ना चाहती है और उस प्रोफ़ेसर के साथ यूरोप जा रही है, यह उसकी बर्दाश्त के बाहर है और वह जिंदा नहीं रहना चाहता।

''मुझे लगता है कि वो एक रिप्रेस्ड और शक्की आदमी रहा होगा। शायद मानसिक रोगी। किसी और ने तो नीना आँटी और उनके प्रोफ़ेसर के बारे में कुछ नहीं कहा था। नीना आँटी पर उसके सुसाइड का आरोप लगाना कितना अनफ़ेअर है,'' सुदीपा ने आपत्ति की थी।

''नीना और किसी के बीच में क्या है, क्या नहीं है, ये तो दस आँखों वाला भी नहीं जान सकता, दीपू रानी। जब पुलिस ने पूछताछ की तो पता चला कि नीना और प्रोफ़ेसर कॉन्फ्रेन्स के लिए विदेश जाने वाले थे। सारा-सारा दिन नीना प्रोफ़ेसर के कमरे में बिताती थी और पूरे डिपार्टमेंट में सबको पता था कि प्रोफ़ेसर ने नीना को परमानेंट पद दिलाने के लिए एड़ी-चोटी का ज़ोर लगा रखा

था। ऐसे में शक होना तो लाज़िमी था। अभी घर में मातम भी ढंग से नहीं हुआ, डैडी और माँ नीना के मंगेतर के माँ-बाप को ढाँढस भी नहीं बँधा पाए कि घर में तफ़्तीश के लिए पुलिस...उस लड़के के माँ-बाप तो आत्महत्या और नीना पर लगे आरोप के बारे में सुनकर एकदम सुन्न हो गए, जैसे पत्थर की मूर्तियाँ...''

अख़बारों ने मामला सनसनीखेज़ बना दिया था। सुर्ख़ियों में 'प्यार के मारे आत्महत्या', 'ख़ूबसूरत लड़की की बेवफ़ाई', 'विश्वविद्यालय में इश्क़बाज़ी' और भी बहुत कुछ छपा। लोगों ने सर हिला-हिला कर कहा कि जितनी बची-खुची इज़्ज़त थी नीना ऑंटी की, वह भी बरसात में रेत-सी बह गई। पुलिस ने बड़ी सरगर्मी दिखाई थी। पूछताछ, कुछ दबी-दबी धमकियाँ, कुछ तीखे-चुभते प्रश्न। नीना ऑंटी की उन दिनों क्या साँसत रही होगी, इसकी कल्पना भी मुश्किल है। ग़ुस्से और दु:ख के बीच डोलते, पेशानी कसे, होंठ चबाते नाना जाँच करने वाले ऑफ़िसर पर झुँझलाते, 'बरख़ुरदार, तुम्हारी जितनी उम्र है उससे ज़्यादा समय से मैं कचहरी में पुलिस के केसों की धज्जियाँ उड़ा रहा हूँ। तुम्हारी बातों में कोई दम नहीं है, नीना ने कभी सगाई तोड़ने का नहीं सोचा। सोचा होता तो हमने कार्ड छपवा कर शहर भर न्यौता होता? तीन हफ़्तों में शादी थी, हमारे घर की लड़की ऐसा कर सकती है कि सगाई तोड़े और बाप को न कहे?' युवा पुलिस अधिकारी अदब के मारे और नाना के रुतबे के चलते यह नहीं कह पाया कि आज्ञाकारी लड़की बिना आपको बताए घर से भाग भी तो गई थी।

ख़ैर, बड़ी जाँच-पड़ताल के बाद नतीजा यह निकला कि अगर नीना ऑंटी का अपने मंगेतर से कुछ मनमुटाव हुआ भी था तो वह पुरानी बात रही होगी, क्योंकि ख़ून में डूबी चिट्ठी पर तारीख़ हादसे से दो महीने पहले की थी। हालाँकि यह सही था कि नीना ऑंटी प्रोफ़ेसर की अनुशंसा पर फ्रांस और इंग्लैंड जाने के लिए चुनी गई थीं लेकिन यह चुनाव निष्पक्ष था और विभाग के वरिष्ठ जनों ने उसका अनुमोदन किया था। नीना ऑंटी सब तरह से योग्य थीं और प्रोफ़ेसर ने उनका चयन सिर्फ़ उनकी योग्यता के कारण किया था। नीना ऑंटी के पक्ष में अंतिम और सबसे बड़ा कारण बनी थी उनके मंगेतर की माँ की चिट्ठी। दु:ख से सचमुच काठ की मूर्ति हो गई माँ ने अपनी बेटी से चिट्ठी लिखवाई थी। 'हमारे बेटे को मानसिक अवसाद के दौरे आते थे, शायद ऐसे ही किसी अस्थिरता के समय में रेल की पटरी पर...' इस चिट्ठी के बाद पुलिस

ने तफ़्तीश बंद कर दी थी। ''डैडी ने चिट्ठी के जवाब में लम्बा-चौड़ा ख़रीता भेजा था, लिखा था कि नीना का मंगेतर उनके बेटे-सा था, उसके लिए ब्राह्मण भोज, रीति-रिवाज सब करवा रहे हैं, नीना ने तो दुःख में मौन धार लिया है, खाने-पीने की सुध नहीं है, सबका साझा दुःख है, जल्दी ही मातमपुर्सी के लिए उनके शहर आएँगे वग़ैरह-वग़ैरह। उधर से दो लाइनों का जवाब आया, नीना के मँगेतर की बहन का—न आएँ, न कभी चिट्ठी लिखें, माँ ने ज़िद कर के ज़बरदस्ती चिट्ठी लिखवाई, क्योंकि जिस लड़की को हमारा भाई इतना प्यार करता था उसको परेशानी में देख कर उसकी आत्मा को कष्ट होगा, आपकी बेटी ने हमारे होनहार भाई को मार डाला, हत्यारिन...'' मीठी मौसी ने आँखें फैलाईं और पलकें झपकाई थीं, ''डैडी का मुँह देखा नहीं जाता था, उन दिनों, रंग काला पड़ गया था। पहली बार डिगे से लगे थे डैडी...''

''और नीना आँटी?''

''नीना? उसका क्या?''

''बहुत टफ़ समय रहा होगा न उनके लिए?''

''दीपू रानी, नीना टफ़ समय से ज़्यादा टफ़ रही हमेशा। चेहरे पर एक शिकन नहीं आने दी कभी। दुबली ज़रूर हो गई थी कुछ। बाग़बानी का शौक़ तभी से चर्राया था। उन दो महीनों में बँगले में तरह-तरह के फूल-पत्ते लगवाए उसने। हमें लगने लगा कि नीना अब सँभल जाएगी, शादी-आदी तो अब ख़ैर क्या ही होगी मगर पढ़ाई-लिखाई और गार्डनिंग में अच्छा वक़्त कट जाएगा उसका। जन्म की बहनें होने पर भी हम उसकी थाह नहीं लगा पाए, हमें क्या पता था कि एक मिनट में सब छोड़-छाड़ कर चल देगी...''

~

''चार पंखुड़ियाँ चुनीं और चौदह गिराईं!'' सुदीपा चौंक पड़ी। उसने पंखुड़ियों के ढेर में धँसी अँगुलियाँ खींच लीं। देर तक फूलों के ढेर में से पंखुड़ियाँ चुनने के कारण सुदीपा के हाथ एकदम ठंडे हो गए थे, अँगुलियों के पोरों की त्वचा में सलवटें पड़ गई थीं। ''आपने दो टोकरी भर चुन भी लीं इतनी जल्दी और एक भी काँटा नहीं गड़ा...''

नीना आँटी के गालों में हँसी के गड्ढे गहरे हो गए। ''तुम्हारी माँ होती यहाँ तो कहतीं—हर कोई नीना जैसी मालन नहीं बन सकता ना! चलो, नहा

लो। रास्ते की धूल फाँकती आई हो। क्या खाओगी ? कुछ ख़ास पसंद का बनवाऊँ ?''

सुदीपा ने अपनी अँगुलियों की ओर देखा। हाथ आपस में रगड़ने के बावजूद उनकी सलवटें वैसी की वैसी थीं। ''नीना आँटी, आपको याद है एक बार मैं छत पर रो रही थी, बँगले में किसी की शादी थी। आपने मुझे शेक्सपियर पढ़ कर सुनाया था।''

नीना आँटी ने सुदीपा की ओर देखा। गोधूलि की धूमिल कासनी रंग की ज्योति में उनकी साड़ी का रंग गहरा हो गया था और चेहरे पर छाया उतर आई थी। ''तुम्हें याद है ?''

''हाँ...'' सुदीपा ने गर्दन हिलाई, ''लेकिन मम्मी कहती हैं ऐसा कभी नहीं हुआ...और मुझे इतना विविडली याद है सब कुछ...आपकी ड्रेस का रंग भी...''

''मधु जीजी के कहने से क्या ? तुम्हें याद है, तो तुम्हारे लिए हुआ।''

''लेकिन आपको याद है ? क्या सचमुच हुआ था या फिर कोई और...''

''मुझे याद होने, न होने से भी क्या फ़र्क़ पड़ता है, सुदीपा ? किसी एक के भूल जाने या नकारने से तुम्हारी याद झूठी नहीं पड़ जाती। अक्सर हमारी स्मृतियाँ एक-दूसरे से मेल नहीं खातीं, जो जैसा तुम्हें याद रहता है, वह वैसा ही दूसरों को नहीं। लो, एक टोकरी तुम उठाओ। वहाँ बरामदे में फूल सुखाएँगे। यहाँ इतनी ओस गिरती है कि बाहर छोड़ा तो सब सड़ जाएँगे,'' उन्होंने सुदीपा के विरोध के बावजूद दूसरी टोकरी ख़ुद उठा ली।

''बँगले में मेरा एक ही अड्डा था—छत। और शादियाँ तो वहाँ दर्जनों हुईं। डैडी को भीड़ इकट्ठा कर शादियाँ करवाने का बड़ा शौक़ था!''

''वह शौक़ तो फ़ैमिली में सबको है।''

नीना आँटी ने बरामदे के कोने में रखे तख़्त पर टोकरी की पँखुड़ियाँ एक छोर से दूसरे छोर तक बरसा दीं। ''अहाँ, सो तो है।'' उनका स्वर हल्का-फुल्का था। ''तुमने वह क़िस्सा सुना है जब एक दूल्हा शादी करने टट्टू पर आया था ?''

''टट्टू पर ?''

''हाँ! उस दिन बड़े साये थे और घोड़ीवाले ने पहले ही कह दिया था कि घंटा भर से ज़्यादा के लिए घोड़ी नहीं दे सकता, लेकिन दूल्हे महाशय के परिवार और दोस्तों ने गली के कोने पर ही घंटा लगा दिया नाच-नाच कर। घोड़ीवाला

अड़ गया कि दूसरी जगह जाना है। उसने लगाम ऐसी झटकी कि घोड़ी वहीं की वहीं थमक गई, हिले ही ना। बड़ी तू-तू मैं-मैं हुई, लेकिन घोड़ीवाला घोड़ी बढ़ाने को राज़ी नहीं। आख़िर कोई कहीं से ढूँढ़-ढाँढ़ कर एक टट्टू ले आया। उस पर दूल्हे की माँ ने रेशमी दुशाला डाल दिया और दूल्हे की बहनों ने गले में मनकों के हार पहना दिए। दूल्हा उस पर सवार हुआ और घोड़ीवाला घोड़ी लेकर दूसरी बारात निकलवाने चला गया। जब दूल्हा बँगले के दरवाज़े पर पहुँचा तो तोरण ही न मार पाए। तोरण ऊँचा लटका था और टट्टू-सवार दूल्हे राजा की पहुँच से बाहर था। आख़िर अपनी गोटा-ज़री से सजी छड़ी के बजाय बंदर भगाने के लम्बे बाँस से तोरण मारा!''

सुदीपा हँस पड़ी।'' ़फ़ैब! उनकी शादी क्या यादगार रही!''

''यादगार तब रहती जब शादी होती, लेकिन शादी हुई ही नहीं।''

''बंदरवाले बाँस से तोरण मारने के बाद भी?''

''हाँ, दुल्हन ने वरमाला पहनाने से इनकार कर दिया।''

सुदीपा ने टोकरियाँ एक में एक रख कोने में सरका दीं। घर के भीतर से आभा ताई ने बरामदे वाली लाइट जला दी। बाग़ और बाग़ के पीछे ढाल पर अटके पेड़ और उनके भी पीछे, सुदूर क्षितिज पर अंके पहाड़ अंधेरे में गुम होने लगे।''वरमाला पर इनकार? क्यों?''

''दूल्हे की एक ही आँख थी। दुल्हन ने पहली बार वरमाला डालते समय उसके चेहरे को ग़ौर से देखा और वरमाला उसके हाथ से छूट गई।''

''फिर?''

''फिर बड़ी हुज्जत हुई। लड़केवालों ने कहा कि हमने कभी छुपाया नहीं कि लड़का काना है, लड़की ने अपनी बहनों से कहा कि उसे कभी बताया ही नहीं गया कि लड़का काना है। लोगों ने राय दी कि क्या फ़र्क़ पड़ता है? काना-कुबड़ा कैसा भी हो। लड़का है, कमाता तो है और क्या चाहिए? लेकिन लड़की नहीं मानी। डैडी के एक पुराने क्लर्क की बेटी थी। क्लर्क रुआँसा हो गया, लड़की को डाँटा-फटकारा गया मगर वह टस-से-मस नहीं हुई। आख़िर बारात ख़ाली लौट गई।''

''क्या बहादुर लड़की थी...''

''हाँ, सो तो थी।''

‘‘फिर उसने क्या किया ?’’

‘‘वो क़िस्सा फिर सुनाऊँगी। तुम तो रहोगी न कुछ दिन अभी ?’’

सुदीपा की आँखों में किरकिरी-सी गड़ी। उसने पलकें झपकाईं। ‘‘हाँ। तीन–चार दिन...’’

‘‘बहुत अच्छा। कल तुम्हें गुलाब जल बनाना सिखाऊँगी। मैंने गुलाब जल डिस्टिल करने का नया इंतज़ाम किया है, रसोईघर के पीछे एक स्टिल लगाया है। अब नहा लो झट से।’’ नीना आँटी ने भीतर जाने वाला दरवाज़ा खोला।

‘‘आप आगे इसलिए नहीं बता रहीं न क्योंकि इसका अंत सैड है...’’

घर में घुसते हुए नीना आँटी ने पैरों से लिपटते बिल्ले को हल्के से धकेला और गर्दन मोड़ कर सुदीपा की ओर एक नज़र डाली। ‘‘क़तई नहीं। मुझे तो कोई अंत दुखद नहीं लगता, अंत सब अच्छे होते हैं। दरअसल अपेक्षा सिर्फ़ अंत की करनी चाहिए, सुखद या दुखद तो उस पर तुम्हारा किया आरोपण है। यह सोचना कि मैं दु:ख देने या पाने के डर से कुछ कहने से हिचकूँगी भी तुम्हारे मन का आरोपण है। तुमने अपनी माँ और मौसियों को कहते नहीं सुना कि जब विधाता दया–माया बाँट रहे थे, मैं दरवाज़े के पीछे छुप गई थी !’’

‘‘तो अंत से या किसी का दिल दुखाने से डरना नहीं चाहिए ?’’

‘‘अंत तो शुरुआत के साथ ही गढ़ लिए जाते हैं जान, और दिल तो दुखने के लिए ही बने हैं, इतनी न एहतियात करें अपने दिल की आप, इक दिन तो खुल के बात करें अपने दिल की आप !’’

‘‘वाह ! यह किसने कहा है ?’’

‘‘फ़िलहाल तो मैंने कहा है ! तुम्हारे लिए नए तौलिए निकलवाए हैं और सबसे अच्छा रोज़हिप ऑयल नहाने के पानी में डलवाया है। पहले अच्छे से नहाओ और फिर आदि-अंत के गूढ़ प्रश्नों पर विचार करो !’’

‘‘नीना आँटी... ?’’ सुदीपा कमरे की दहलीज़ पर खड़ी थी।

‘‘हाँ, बच्चे ?’’

‘‘आपने बाग़ में सिर्फ़ लाल गुलाब ही क्यों लगवाए हैं ?’’

‘‘क्यों, तुम्हें लाल गुलाब अच्छे नहीं लगते ?’’

‘‘नहीं तो...लेकिन इतने लाल गुलाब और कहीं नहीं देखे, बँगले के बाग़ में तो एक भी नहीं है...’’

गलियारे के धुँधलके में नीना आँटी का चेहरा ठीक-ठीक नहीं दिख रहा था, लेकिन उनकी आवाज़ चाँदी के तार-सी चमकी, ''लगाए तो और भी हैं लेकिन सबसे ज़्यादा ये ही फूलते हैं।''

9

नीना आँटी के मंगेतर के लिए ब्रह्म भोज, श्राद्ध, शांति पाठ बँगले पर पूरे आडंबर और रीतियों के साथ हुए। नाना पुलिस के मामले के फिर खुल जाने की आशंका से सबके सामने नीना आँटी की ओट बने रहे। लेकिन घर के भीतर उनका ग़ुस्सा आग-सा चटकता-भड़कता। नीना आँटी यूनिवर्सिटी से छुट्टी पर थीं, कम्पैशनेट लीव। उन्होंने हुक्म निकाला कि नीना आँटी एकदम इस्तीफ़ा दे दें और अपने प्रोफ़ेसर से कोई सम्पर्क न रखें। ''ऐसा क़ाबिल लड़का सिर्फ़ तुम्हारी बेवक़ूफ़ी के कारण जान से हाथ धो बैठा। और भी बहुत लोग हैं, वह क्या अकेला ही प्रोफ़ेसर है? अगर तुम्हें रिसर्च करना है, दूसरा गाइड तलाशो।'' उधर नीना आँटी के प्रोफ़ेसर पर भी लोक-निंदा का तूमड़ा टूटा। हालाँकि उस तेज़ी और क्रूरता से नहीं जितना नीना आँटी पर। यूनिवर्सिटी की एकेडेमिक काउंसिल में दबी ज़ुबान से चर्चा हुई और कुछ शुभचिंतकों ने सीनेट के सामने जाँच कमेटी बिठाकर बक़ायदा जाँच करवाने का प्रस्ताव रखा कि सब तरह की शंकाओं का निवारण हो जाए। कुछ दूसरे हितैषियों ने लड़कों को भड़का दिया और प्रोफ़ेसर का घेराव होने लगा। लड़कों ने एक रैली भी निकाली, साइकिल और स्कूटरों पर। प्रोफ़ेसर के ख़िलाफ़ तो नारे लगाए ही, नीना आँटी का भी नाम आया। ''नीना को इतानी तरह देते थे टैढी। ढैढ़ी ने उसे घर से न निकलने के लिए इसीलिए कहा था कि बाहर कोई कुछ कर-करा न दे।'' नाना के घर में रहने के फ़तवे पर सुदीपा का बिदका मुँह मीठी मौसी ने देख लिया था।

इस संकट के समय में प्रोफ़ेसर की पत्नी ने हिम्मत दिखाई। ''पढ़ी-लिखी समझदार थी प्रोफ़ेसर की बीवी। और कोई होती तो शर्म से गड़ जाती, घर में मुँह छुपा कर बैठती लेकिन वह बड़ी जीवट वाली थी।'' मीठी मौसी ने चेहरे पर लगे त्वचा को मुलायम और युवा बनाने वाले मास्क की गाढ़ी परत के बावजूद प्रोफ़ेसर-पत्नी के साहस के अनुपात में भौंहें उचकाई थीं। ''बड़े

परिवार से आती थी, पुरखे राजाओं के बेटों को पढ़ाते थे। कहते हैं कि काशी में महल जैसी हवेली थी। उनके फ़ादर ने एक विधवा से दूसरी शादी कर ली थी सो परिवार ने बेदख़ल कर दिया था।''

''आपको सबके बारे में सब कुछ पता रहता है क्या मीठी मौसी ?''

''कहाँ, दीपू रानी, ये तो पुरानी बातें हैं। अब तो हमें तुम लोग क्या कर रहे हो इसका भी पता नहीं चलता। राधिका ने कोर्ट में तलाक़ का केस कर दिया, तुमने और उधर मनन-चिंतन ने भी अपनी पसंद का लड़का-लड़की चुन लिए, ये हमको सब के बाद पता चला।''

सुदीपा ने कंधे झटकाए थे। ''उस प्रोफ़ेसर की वाइफ़ के बारे में बता रही थीं आप।''

''हाँ, प्रोफ़ेसर की पत्नी। उसने बस कमाल किया, अकेले अपने दम पर पति और नीना दोनों की इज़्ज़त बचा ले गई। बाद में शायद इसलिए भी उसे पहाड़वाले मकान को लेकर ज्यादा सदमा लगा, लेकिन तब भी अपने घर में भले जो किया सो किया, बाहर किसी से न एक शिकवा, न एक तोहमत। बेचारी बड़ी भली औरत थी।''

प्रोफ़ेसर की भली और होशियार पत्नी ने जो कमाल किया वह यह था—उसने यूनिवर्सिटी के वाइस चांसलर को एक चिट्ठी लिखी। किसी तरह वह चिट्ठी कुछ अख़बारों के हाथ पड़ गई और उसके अंश प्रकाशित भी हुए। चिट्ठी में प्रोफ़ेसर की पत्नी ने लिखा कि उसके विद्वान पति पर लांछन लगाकर उसके स्त्रीत्व का अपमान किया जा रहा है। उसके पति अपने विद्यार्थियों के लिए समर्पित रहे हैं। उन्होंने तीस साला अध्यापनकाल के दौरान अनगिनत विद्यार्थियों को सहायता और सम्बल दिया है। नीना आँटी सी मेधावी छात्रा का तब भी साथ दिया था, जब उसका परिवार विरुद्ध था और अब भी देंगे जब उसका भाग्य विरुद्ध है। वाइस चांसलर महोदय तो गुरु-शिष्य परम्परा से निस्सन्देह परिचित होंगे, जिसमें गुरु अपने विद्यार्थियों के कर्मों का फल भी अपने ऊपर लेने को तत्पर रहते हैं, फिर यह बेचारी तो शोकग्रस्त लड़की है जिसे अपना दुःख जीवन भर झेलना है। विद्वान और कर्तव्यपरायण शिक्षक का साथ देने के बजाय लोग घृणित आरोप लगा रहे हैं, कुत्सित बातें कर रहे हैं और सबसे बड़ी दुःख की बात तो यह है कि ऐसे माहौल में वाइस चांसलर महोदय मौन हैं। चिट्ठी के अंत

में प्रोफ़ेसर की पत्नी ने आशा जताई कि यह घृणित प्रचार बंद होगा, और वाइस चांसलर महोदय अपने विद्वान सहकर्मी का समर्थन और अफ़वाह फैलाने वालों की भर्त्सना करेंगे।

''नीना आँटी के जीवन में चिट्ठियों की बड़ी इम्पोर्टेंस रही है—उनके मंगेतर की ख़ून-रंगी चिट्ठी, होने वाले ससुराल से आई विष-बुझी चिट्ठी और अब प्रोफ़ेसर की पत्नी का डिप्लोमैटिक ख़त।''

''नीना का भाग्य है। इस चिट्ठी का बड़ा असर पड़ा, लोग कहने लगे कि प्रोफ़ेसर की पत्नी बहुत सती है और ऐसी सती स्त्री के पति पर आरोप लगाना ग़लत है। सिर्फ़ चिट्ठी ही नहीं, प्रोफ़ेसर की बीवी ने नीना के लिए और भी बहुत कुछ किया। एक दिन वह बँगले पर आई। माँ बेचारी असमंजस में पड़ गईं। एक तरफ़ पति पर ऐसे लांछन और दूसरी तरफ़ पत्नी मिलने चली आ रही है। उन्होंने डैडी को संदेश भिजवाया। जब तक डैडी आए तो देखा कि वह नीना की बगल में बैठी हैं। बहुत दुबली हो गई थी उन दिनों नीना।''

''आपने बताया था।''

''देखकर विश्वास नहीं होता था कि वही सदा की गोल-मटोल नीना है। डैडी से इधर-उधर की बात करने के बाद प्रोफ़ेसर की बीवी मुद्दे पर आई। कहने लगी, 'आप नीना को यूनिवर्सिटी जाने से क्यों रोक रहे हैं? आपको मेरे पति पर शक है या अपनी बेटी पर?' डैडी हक्का-बक्का से रह गए। इस तरह खरा-खरा बोलने वाली औरतें कहाँ होती थीं तब...नाना की शान में सालों पुरानी ग़ुस्ताख़ी पर मीठी मौसी ने भर्त्सना में सर हिलाया था। लेकिन नाना ज्यादा देर आश्चर्य में जकड़े नहीं रहे, प्रोफ़ेसर की पत्नी की तीखी बातों से आवेश में आ गए। डैडी ने कह दिया, 'इस क़दर भरोसा है और ज़माने के कहने-सुनने की परवाह नहीं है तो ले जाइए इसे अपने साथ, अपने घर में रखिए, आपने जिस गुरु-शिष्य परम्परा के क़सीदे पढ़े हैं, उसमें तो शिष्य गुरु के घर में रहकर ही तालीम हासिल करते थे।' बस, इतना सुनना था कि वह तो चट से खड़ी हो गई। नीना को बोली, 'अपने लिए न सही, मेरे पति और अपने गुरु के मान की ख़ातिर ही चली चलो।' और तुम मानोगी दीपू, नीना ने न डैडी को देखा, न माँ को। जिन कपड़ों में बैठी थी उन्हीं में उठकर चल दी। डैडी ने भी कह दिया, 'जा रही हो तो फिर दहलीज़ पर छाया न पड़े।' उनका ग़ुस्सा जायज़ भी था।

इतनी थुक्का-फ़ज़ीहत हुई, कोर्ट-कचहरी की नौबत आ गई, शहर के शोहदे नाम लेकर भद्दे गाने बनाने लगे, इतनी सब बदनामी में डैडी ने ही ओट दी उसे और वह एक मिनट में सब छोड़-छाड़ कर उस औरत के साथ चली गई, ऐसी निर्मोही रही है नीना हमेशा से...''

नीना आँटी के घर छोड़कर जाने के कुछ समय बाद यूनिवर्सिटी का चपरासी एक मज़दूर के साथ नीना आँटी की किताबें ले जाने के लिए आया। नाना कोर्ट गए थे। नानी ने किताबें बक्से में भरवाईं और नीना आँटी के कपड़े, चप्पलें, कंघा, लिपिस्टिक भी। चपरासी ने बताया कि नीना आँटी ने यूनिवर्सिटी के पास एक मकान किराए पर ले लिया है। ''डैडी सुनकर जो भड़के उसका कोई ठिकाना नहीं। लड़की शहर के शहर में अपना घर छोड़कर किराए पर रहे...डैडी ने कहा कि उनकी नाक तो जड़ से काट गई नीना और अगले ही दिन अख़बार में निकलवा दिया कि उनका नीना से कोई सम्बन्ध नहीं है, वह अब उनके परिवार का हिस्सा नहीं...लेकिन अख़बार में निकलवाने से सम्बन्ध थोड़े ही ख़त्म हो जाता है? लोग-बाग़ों को कुरेदने का मौक़ा मिला, डैडी से तो ख़ैर कोई क्या कहता, सब माँ को आकर बताते—आज नीना को फ़लाँ बाज़ार में देखा, बर्तन-भांडों की दुकान में, साथ में उस प्रोफ़ेसर की लुगाई भी थी, भई मानना पड़ेगा, क्या औरत है, पूरी बात ही पलट दी है! अब कोई कुछ कहकर देखे प्रोफ़ेसर के बारे में। बेचारी माँ सुन-सुन कर रो-धो लेतीं। बातें डैडी के कानों में भी पड़तीं। वैसे नीना को परिवार से बेदख़ल कर दिया था, लेकिन उसकी खोज-ख़बर वे भी रखते थे। डैडी की आँखें दरअसल नीना के बारे में कभी भी पूरी तरह खुली ही नहीं। इतने दुनियादार, लेकिन नीना को लेकर एक तरफ बड़े कमज़ोर थे डैडी...''

रिश्तेदार, मिलने-जुलने वालों, घर के दाई-नौकरों से नीना आँटी की सारी ख़बरें बँगले तक आतीं—वे कहाँ आती-जाती हैं, किससे मिलती-जुलती हैं, उन्होंने अपने नए घर में किस रंग के परदे लगाए हैं, बाग़ में कौन से पौधे रोपे हैं—उनकी छोटी-से-छोटी गतिविधि की जानकारी परिवार तक पहुँच जाती। जयपुर छोटा शहर था तब, कोई छींके तो पता चल जाता था और नीना आँटी पर तो वैसे भी सबकी आँख रहती थी। इस कठिन समय में प्रोफ़ेसर की बीवी ने नीना आँटी का बड़ा साथ दिया। किराए के मकान में आने के बाद भी वह हर

जगह नीना आँटी के साथ देखी जाती—मन्दिरों और सिनेमा-हॉल में, बाज़ार जाते हुए। उनके यों साथ आने-जाने के बहत्तर तरह के अर्थ निकाले गए—कुछ ने कहा कि इसका मतलब नीना आँटी बिलकुल निर्दोष हैं, वरना प्रोफ़ेसर की पत्नी उनसे इतना मेल-जोल क्यों रखतीं? कुछ ने दाल में कुछ काला होने का अंदेशा जताया। कुछ ने इस मेल-जोल को प्रोफ़ेसर की पत्नी के भोलेपन का प्रमाण माना, कुछ ने उनके काँइयाँपन का—यानी नीना आँटी और प्रोफ़ेसर की बीवी का सौख्य एक साथ ही सब कुछ था भी और कुछ नहीं भी। इतनी काना-फूसियों के बावजूद भी प्रोफ़ेसर की पत्नी माँग में सिंदूर भरे, पैरों में बिछिए पहने संजीदगी से मुस्कुराती रहीं और प्रोफ़ेसर घेराव वग़ैरह बंद हो जाने पर पहले की तरह पढ़ाने लगे। वे नीना के रिसर्च गाइड भी बने रहे और उनसे घंटों लाइब्रेरी में पुरानी और बेहद पुरानी किताबों में से हवाले ढुँढ़वाते और शोध भी करवाते रहे। इस बीच प्रोफ़ेसर की प्रेम कविताओं का एक संकलन प्रकाशित हुआ। कविताएँ काफ़ी चर्चा में रहीं। उनमें हवाई, छायावादी प्रेम नहीं, एकदम कायावादी, सचमुच के मांसल, लोलुप प्रेम का वर्णन था। लोग फिर कुनमुनाने लगे। नीना आँटी को शोध करते दो साल से ज़्यादा हो गए थे।

''ठीक भी था,'' मीठी मौसी ने सिर हिलाया था, ''ऐसा क्या *महाभारत-रामायण* लिखा जा रहा है कि ख़त्म होने को नहीं आ रहा? और कौन रिसर्च गाइड अपने स्टूडेंट के साथ शाम ढले सुनसान में टहलता है? हर कोई उनकी ईवनिंग वॉक्स के बारे में बातें बनाता था। उन दिनों औरत-मर्द ऐसे एक साथ नहीं घूमते थे, पति-पत्नी भी कम ही, और ये दोनों कि बस, शाम पड़े, सड़कों पर छिड़काव होने के बाद, अँधियारा घिरने पर गुलमोहर के फूले पेड़ों के नीचे फिर रहे हैं...''

''आप तो एकदम पोएटिक हैं मीठी मौसी! शाम, अँधियारा, फूलते गुलमोहर! कितना रोमांटिक! लेकिन आप सब लोगों को नीना आँटी को स्टॉक करने के अलावा काम नहीं था? वह प्रोफ़ेसर तो नाना की उम्र के होंगे और नीना आँटी इतनी यंग, क्या आपको नहीं लगता कि आप लोग ज़रूरत से ज़्यादा इमेजिन करते थे? उनके बारे में सब कुछ पता रखना, उनकी हर बात पर फ़ैसला सुनाना। शायद आप सबको थोड़ी जैलेसी थी कि नीना आँटी एकदम स्वतंत्र और आप सब घर-बच्चों में बंद!''

‘‘हमें उसके जैसे बेलगाम बरबंड फिरने की कोई इच्छा नहीं थी, हमें कोई शौक़ नहीं था डैडी का नाम ख़राब करवाने और अपने नाम धरवाने का। अगर नीना की किसी बात से ईर्ष्या हुई, तो उसके बिल्ली पालने से। हमें माँ-डैडी ने कुत्ते-बिल्ली कभी नहीं पालने दिए और ससुराल में इतने साल बहू रहे कि जब तक घर-मालकिन हुए, तब तक भूल गए कि बिल्ली पालने का शौक़ था...’’ मीठी मौसी ने ब्यूटीशियन को हाथ हिला कर मना किया, ‘‘ना बस, अब बहुत हुआ, इससे ज़्यादा घिसाई करवाएँगे तो घरवाले पहचानेंगे नहीं। अब कल से तुम ही करवाओ ये सब, दीपू। हमारे बस का अब नहीं।’’

‘‘क्या, मौसी, पूरा पैकेज लिया है तो करवा लीजिए ना? आप ऐसे ग्लो कर रही हैं कि बस! दो ही ट्रीटमेंट तो और बचे हैं।’’

‘‘ना, अब और नहीं,’’ मीठी मौसी कुर्सी से उठ गई थीं।

बँगले पर गाड़ी से उतरते समय उन्होंने साड़ी का पल्ला कंधे पर जमाया था।‘‘नीना ने कभी ये ख़याल नहीं किया कि कौन छोटी उम्र का है, कौन बड़ी का। बस जिस पर मन आया, उस पर आया।’’ सुदीपा ने चौंक कर मीठी मौसी की ओर देखा था।‘‘वो रिसर्च स्कॉलर तो उससे आठ-दस साल छोटा था, नीच जात अलग, लेकिन नीना ने ज़रा भी सोचा था क्या?’’ नौकर ने दरवाज़ा खोला और मीठी मौसी भीतर चली गईं।

10

नीची जाति के रिसर्च स्कॉलर वाला क़िस्सा सुदीपा ने मम्मी से सुना था। ‘‘क़िस्सा-कहानी नहीं है यह कि तुम मुँह उठाए पूछती रहती हो फिर क्या हुआ, फिर क्या हुआ।’’

‘‘तो मुँह झुकाकर पूछ लेती हूँ!’’

‘‘बेवक़्त और बेमतलब का मज़ाक़ नहीं होता, इल्लत होता है।’’

‘‘ऐसा नाना कहते थे?’’

‘‘बड़े-बुज़ुर्गों पर हँसने से पहले अपने पर ग़ौर करो। मज़े लेने के लिए नहीं बता रही हूँ, इसलिए बता रही हूँ कि तुम कुछ सीखो, एक बार बदनामी हो गई तो फिर हर बात की छीछालेदर होती है। हमारे यहाँ तो कहते हैं—बाल,

नाख़ून और लड़की, एक बार गिरे तो उनका घर में होना अपशगुन।''

सुदीपा ने दाँत भींचे, ''रियली, मम्मी, सरला मौसी कहती हैं कि आपने सोशियोलॉजी और लिट्रेचर में टॉप किया था कॉलेज में, ऐसी दक़ियानूसी बातें करती हैं ना आप कि बस...''

अपने मंगेतर की मौत और अपनी बदनामी की काली झाईं वाले उस दौर में नीना मौसी ने अपनी थीसिस पूरी की थी। उसी थीसिस से वह साहित्य जगत में स्थापित हुई। ''उस समय फ़ोटोस्टेट और स्कैन और कम्प्यूटर कहाँ होते थे? संदर्भ और सोर्स देने का मतलब था पुराने ग्रंथों और कथाओं और ओरल ट्रेडिशन की हस्तलिखित कॉपियाँ बनाना, एक्सस्ट्र्स से ऑथेंटिकेट करवाना, लम्बी लिस्टों में से सही सोर्स चुनना—दिमाग़ से ज़्यादा हाथों और आँखों की कसरत! और हाथ और आँखें मेरे हमेशा से चुस्त-दुरुस्त रहे हैं,'' नीना आँटी ने एक बार कहा था।

''कम ऑन, आँटी,'' राधिका दीदी के होंठों के कोने गालों में धँस गए थे, ''इतना मॉडेस्ट होना भी ठीक नहीं है! सब जानते हैं कि आपका रिसर्च ब्रिलिएंट था। हॉस्टल की मेरी पढ़ाकू रूममेट को जब पता चला कि आप मेरी मौसी हैं, तो उसके तो होश उड़ गए थे। साल भर आपसे मिलने के लालच में मेरे हिस्से का सब काम ख़ुद कर देती थी। आए हैव बास्क्ड इन योर ग्लोरी!''

''चलो कोई तो प्रैक्टिकल फ़ायदा हुआ इतनी मशक़्क़त का।''

''बट सिरियसली, कितना नाम है आपका लिटरेरी सर्कल में...यू मस्ट बी प्राउड...''

''सब बातों के बताशे हैं,'' नीना आँटी की आँखें दूर चली गई थीं, ''दरअसल रिसर्च के समय वाला पैनपन, वह अंतर्दृष्टि दोबारा नहीं हुई। बाद का सब उसी समय किए काम से कैनिबॉलाईज़ किया। यही सच है। आए कुडंट फुलफ़िल दैट प्रोमिज़।''

सुदीपा ने नीना आँटी का निर्विकार चेहरा ग़ौर से देखा था। राधिका दीदी और वह वीकएंड बिताने आए थे। जब अचानक राधिका दीदी ने नीना आँटी के यहाँ आने का प्रस्ताव रखा था तब, अपनी अनुभवहीनता के बावजूद, सुदीपा समझ गई थी कि उनका मक़सद सिर्फ़ शहर की चिपचिपी उमस से कुछ समय के लिए बच निकलना नहीं है। राधिका दीदी का डिवॉर्स तब तक फ़ाइनल नहीं

हुआ था। कोर्ट में उन्होंने अपने पति के बारे में क्या कहा, इस बारे में कोई बात करने को तैयार नहीं था, राधिका दीदी भी नहीं, उस दिन भी नहीं जब वह कोर्ट से सीधे सुदीपा के रूम पर चली आई थीं। सुदीपा कॉलेज में थी लेकिन उसकी मकान मालकिन ने राधिका दीदी पर एक नज़र डाली थी और सुदीपा का कमरा खोल दिया था। कॉलेज से लौटने पर सुदीपा को कहा था, ''योर सिस्टर... दोपहर से अब तक पानी पीने भी बाहर नहीं निकला है...आए होप नो ट्रबल...''

''मैं देखती हूँ मिसेज़ डोटीवाला।''

सुदीपा ने राधिका दीदी को अंधेरे कमरे में आँखों पर बाँह रखे लेटे पाया था।

''माइंड इफ़ आए स्टे टुनाइट?'' उन्होंने बिना आँखों पर से बाँह हटाए कहा था, ''सब लोग कोर्ट आए थे आज...मम्मी-डैडी भी...आए कान्ट हैंडिल पीपल टुडे...''

सुदीपा ने बिना कुछ कहे बिजली फिर से बुझा दी थी और किताबें समेट कर बाहरवाले कमरे में जा बैठी थी। पूरी रात राधिका दीदी वैसे ही लेटी रही थीं, बिना हिले-डुले। सुदीपा की उनके चेहरे पर निगाह डालने की हिम्मत नहीं हुई थी। वहाँ कुछ बहुत निजी घट रहा था और राधिका दीदी अपने चेहरे का द्वार नहीं मूँद पा रही थीं, इसलिए सुदीपा ने ही आँखें फेर ली थीं। अगली सुबह वे उसी तरह चुपचाप, नहाकर, सुदीपा का सलवार-क़मीज़ पहनकर दफ़्तर चली गई थीं।

नीना आँटी के साथ खाने की मेज़ पर राधिका दीदी का चेहरा कम तना-चौकन्ना था और आँखों का रूखापन कुछ मुलायम। रात के खाने के बाद राधिका दीदी और नीना आँटी टहलने निकल गई थीं। ''दूर नहीं जाएँगे अंधेरे में,'' नीना आँटी हँसी थीं। लेकिन सुदीपा को साथ आने को नहीं कहा था। उनके जाने के बाद सुदीपा ने किताबों की अलमारियों में से खोजकर नीना आँटी की लिखी किताब निकाली थी— *डिपिक्शन ऑफ़ ऑटोनॉमस वीमेन इन इंडियन लिट्रेचर*। लौटने पर राधिका दीदी अपने कमरे में चली गई थीं। नीना आँटी सुदीपा के पास सोफ़े पर आ बैठी थीं। ''क्या पढ़ा?''

''हिडिंबा की कहानी पढ़ रही हूँ। आपने लिखा कि वह डिज़ाएरेबल थी?''

‘‘हाँ, हिडिंबा और शूर्पणखा और कहानियों की जादूगरनियाँ और मायाविनी चुड़ैलें—सभी कामना जगाने वाली स्त्रियाँ थीं। सभी अपनी सेक्शुएलिटी को लेकर आश्वस्त, उसकी शक्ति को पहचानने वालीं। उनकी स्वायत्तता और दैहिकता दोनों पुरुष और समाज के लिए चुनौती थे। उस चुनौती का समाधान करने के लिए क़िस्से गढ़े गए कि वे माया से सुंदर रूप धरने वाली लेकिन असल में कुरूप, उच्छृंखल और वीभत्स कर्मों वाली चुड़ैलें थीं। गाँव-खेड़ों में न जाने कितनी कहानियाँ हैं पुरुषों को पागल कर देने वाली भूतनियों और जादूगरनियों की, जहाँ पुरुषों को विक्टिम दिखाया जाता है और सेक्शुअली कॉन्फ़िडेंट स्त्री को आक्रांता।’’

सुदीपा ने उनकी ओर ग़ौर से देखा था, ‘‘तो हमें ग़लत कहानियाँ सुनाई जाती हैं ?’’

‘‘ग़लत ढंग से सुनाई जाती हैं। कहानियाँ सबसे ताक़तवर हैं हमारा मन और मानस बनाने में। ग़लत ढंग से कहानियाँ सुनाकर हमारे मनों को उलझा दिया जाता है, सीधी-सीधी बढ़वार टेढ़ी-तिरछी कर दी जाती है,’’ नीना आँटी ने राधिका दीदी के कमरे की ओर उड़ती दृष्टि डाली थी, ‘‘मुड़े हुए को सीधा करने और सुलझाने में तकलीफ़ होती है, समय भी लगता है।’’ उन्होंने सुदीपा के सिर पर हल्का हाथ रखा। ‘‘सो, सुदीपा, बिना दाएँ-बाएँ देखे सीधे अपनी ओर बढ़ो, आश्वस्त और निर्द्वंद्व। इसे मेरा आशीर्वाद मान सकती हो।’’ वे हल्के-हल्के मुस्कुराई थीं।

मुंबई लौटते समय सुदीपा, नीना आँटी की किताब अपने साथ ले आई थी। वह किताब उसके साथ घर और शहर बदलती रही थी। शादी के बाद नए घर में सामान खोल संजोते समय समर ने किताब उसके हाथ से ले ली थी, ‘‘ऑटोनॉमस वीमेन! किसी सेक्स टॉय के लिए अच्छा नाम है!’’

सुदीपा ने धूल वाले हाथ से उसे धप्पा लगाया था, ‘‘नीना आँटी की किताब है। सेमिनल है। अब भी रिसर्च स्कॉलर्स देश-भर से उनके पास आते हैं गाइडेंस के लिए।’’

‘‘नीना आँटी!’’ समर ने आँखें नचाई थीं, ‘‘बड़े क़िस्से सुने हैं उनके!’’ समर के चाचा जयपुर में रहते थे। उन्हीं के घर पहली बार सुदीपा, समर से मिली थी। ‘‘यंग ऐज में बड़ी हॉट थीं, चाचा बताते हैं!’’

‘‘अब भी हॉट हैं नीना आँटी। सच ग्लोइंग स्किन...’’

‘‘हॉटनेस तो तुम्हारे ख़ानदान में है!’’ समर ने उसे अपनी ओर खींचा था।

‘‘अरे, मेरे कपड़ों में धूल भरी है!’’

‘‘तो कपड़े उतार देते हैं!’’

सुदीपा को वे शुरुआती दिन कभी-कभी याद आते हैं जब समर और वह लम्बे वीकेंड पर नीना आँटी के घर चले आते थे। नीना आँटी बाग़ में पौधों से छेड़छाड़ कर रही होतीं या किसी दूरदराज़ से आए विद्यार्थी के साथ बैठी होतीं या बरामदे में किताब पढ़ रही होतीं। उन्हें देखते ही मुस्कुरा देतीं, ‘‘प्रेमी पक्षियों, वेलकम!’’ समर और सुदीपा अपनी मर्ज़ी से सोते-जागते, घूमते-फिरते। ‘‘भई, मेरे रूटीन का तुम पर कोई बंधन नहीं। तुम दो दिन छुट्टी पर आए हो, आराम करो।’’ शाम को दोनों लवर्स प्वाइंट पर घूमने जाते। लौटने पर नीना आँटी हँसते-हँसते पहाड़ की लाल, भुरभुरी मिट्टी और सूखे पत्ते उनके कपड़ों से झाड़तीं और कोकम की गर्मागर्म, खट्टी सोल कढ़ी पीने को देतीं।

‘‘नीना के यहाँ बहुत आना-जाना हो रहा है सुना,’’ मम्मी ने टोका था। सुदीपा जयपुर आई थी, शादी के बाद उसकी पहली तीज थी। दोपहर को घर में खटपट हो चुकी थी। मेहँदीवालों ने सबके हाथों में मेहँदी लगाई थी और तुहिना दीदी के कानों में अँगुलियाँ खोंस लेने के बावजूद ‘‘मेहँदी रंग राची’’ वाला गीत गाया गया था। ‘‘सरला मौसी जब पंचम में होती हैं तो बच्चू मौसी मध्यम में गा रही होती हैं, सिर्फ़ मधु मौसी सुरीली हैं लेकिन उनकी तो आवाज़ भी सुनाई नहीं देती...’’

‘‘तो त्यौहार पर मुँह सिले रहें?’’ बच्चू मौसी ने मेहँदी लगे, लाख चूड़े वाले हाथ फेंके थे, ‘‘इन बच्चों के मारे हम अब कुछ कर ही नहीं सकते, हर बात में मीनमेख...तुम ही बताओ,’’ वे चिंतन और मनन की बीवियों की ओर मुख़ातिब हुई थीं, ‘‘इतना बुरा गाया कि कान बंद करने पड़े?’’

‘‘बेचारी रीना और जिनि को इसमें न घसीटें, वो क्या कहेंगी? उन्हें तो शब्द भी समझ नहीं आए हैं।’’

राधिका दीदी कई सालों बाद जयपुर आई थीं। मनु जीजाजी से शादी के बाद वे बम्बई से शिमला चली गई थीं। आम्रपालि के स्कूल में छुट्टियाँ नहीं थीं सो उसे नहीं लाई थीं। ‘‘छह साल की बच्ची का क्या तो स्कूल। छुट्टी नहीं

दिला सकती थीं दो-चार दिन की ? हम सब भी देख लेते उसे।'' सरला मौसी ने राधिका दीदी को घर में घुसते ही कहा था। ''हर काम में बस अपनी ही समझ चलाती हो। इतने शुभ नामों के होते लड़की का नाम रखा आम्रपालि...'' राधिका दीदी के चेहरे पर पुराना कसाव आ गया था।''मम्मी, आम्रपालि पहली बौद्ध भिक्षुणी थी और उससे पहले एक स्वतंत्र स्त्री। एक लड़की का इससे सुंदर नाम क्या हो सकता है ?''

''सब पर नीना की तूती बोल रही है, स्वतंत्र-अतंत्र कुछ नहीं, प्रॉस्टिटूट थी आम्रपालि।'' राधिका दीदी को बड़ी मुश्किल से सुदीपा और मीठी मौसी ने मना कर रोका था। ''हम तो किसी को कुछ कहने के ही नहीं रहे, कौन जाने कौन किस बात पर बिदक जाए...'' बच्चू मौसी और सरला मौसी उठ गई थीं।

बाद में सुदीपा की सूखती मेहँदी पर नींबू-शक्कर की चेंपी लगाते हुए मम्मी ने नीना मौसी वाली बात छेड़ी थी।

सुदीपा ने भौंहें उठाई थीं। ''बहुत कहाँ ? कभी लम्बा वीक-एंड हुआ तो।''

''सरला जीजी, लीला जीजी के यहाँ तो एक बार भी नहीं गई हो और जब देखो तब नीना के यहाँ। उन्हें बुरा लगा है...''

''मम्मी, सरला मौसी और बच्चू मौसी भोपाल में रहती हैं और नीना आँटी मुझसे दो घंटे की दूरी पर !''

''फिर भी सबके साथ बराबर व्यवहार रखना चाहिए, परिवार है ये, तुम बच्चे सब बातें नहीं जानते हो...''

''आप लोग बताएँगे तो जानेंगे। आप सब नीना आँटी को ऐसे अनटचेबल के जैसे ट्रीट करते हैं।''

''उसके अपने कर्म हैं। कैसे-कैसे लोगों के साथ नाम जुड़ा है उसका, जितना कम कहा जाए उतना अच्छा...''

''गड़े मुर्दें उखाड़ने हैं तो आप लोग उखाड़िए। द फ़ैक्ट इज़ नीना आँटी के यहाँ हम सब कम्फ़र्टेबल महसूस करते हैं। वह बहुत स्पेस देती हैं सबको।''

''स्पेस का मतलब शादी के पहले तुम लोगों को घुस-फुस करने देना, बिना रोके-टोके कुछ भी करने देना होता है शायद। ख़ुद भी ऐसी ही थी...एक लड़के को अपने घर में ही रख लिया था, ख़ुद अकेली रहती थी और वह

लड़का कुर्मी-कहार, जाने किस नीची जाति का, नीना से सालों छोटा, उसके पीछे दिमाग़ ख़राब कर लिया था...''

नीना आँटी को अपने मंगेतर की मौत के साल भर बाद यूनिवर्सिटी में पर्मानेंट लेक्चररशिप मिल गई थी। कुछ समय बाद उनकी पी.एच.डी. थींसिस किताब के रूप में प्रकाशित हुई थी। अख़बारों और पत्रिकाओं में लिखने लगी थीं। उनकी साहित्य की सूझ-बूझ, विवेचना की गहराई की तारीफ़ हुई थी। एक प्रसिद्ध विद्वान ने यहाँ तक कहा था कि उनसे भविष्य में बहुत आशाएँ हैं। नीना आँटी के आलेखों वाले अख़बारों की कतरनें और पत्रिकाओं के अंक नानी सँभाल कर रखतीं और मिलने-जुलने वालों को दिखातीं। ''नीना का नया लेख आया है।'' सुनते ही मेहमान बिना उसका कुछ अंश पढ़े और सराहे, विदा होने की उम्मीद छोड़ देते। अख़बार-पत्रिकाएँ नाना के दफ़्तर में भी आतीं और अक्सर नाना नीना आँटी के आर्टिकल्स ग़ौर से पढ़ते देखे जाते। धीरे-धीरे नीना आँटी का नाम बँगले में निषिद्ध नहीं रहा और नाना के सामने भी नानी उनकी बातें कर लेतीं। बच्चू मौसी के बेटों के जनेऊ पर बँगले में उत्सव रखा गया और नानी ने धीमे स्वर में नीना मौसी को बुलाने का प्रस्ताव रखा। ''असल में डैडी ही सबसे ज़्यादा मिस करते थे नीना को। उसके जैसे उनसे चटर-चटर बातें करने की और किसी में कहाँ हिम्मत थी ? जब माँ ने कहा तो वह क़रीब-क़रीब मान गए थे, अगले दिन भाई नीना को लेने जाने वाले थे। उसी शाम डैडी के एक जानकार ने बताया कि नीना ने क्या कमाल किया। बेचारे डैडी...''

नीना आँटी का नया कमाल था, एक नौजवान को अपने घर में किरायेदार के तौर पर रख लेना, ''ख़ुद एकदम छुट्टी-अकेली रहती थी और जवान लड़के को घर में रख लिया। लोग बातें नहीं करते तो क्या करते ? उस पर से शूद्र...तुम जात-पात मत मानो लेकिन और रिश्तेदार हैं, डैडी हैं, उनकी प्रतिष्ठा है। एक सेकेंड नहीं लगाया, सबको तीली दिखाने में...'' मम्मी एक साँस में कहती गई थीं।

वह नौजवान लड़का रिसर्च कर रहा था, गाँव-क़स्बे के स्कूल में पढ़कर अपनी बुद्धि और मेहनत के बल पर जयपुर पढ़ने आया था। कॉलेज में स्कॉलरशिप मिलती थी और हॉस्टल में कमरा भी लेकिन जब एक प्राइवेट स्कूल में पढ़ाने लगा और रिसर्च के लिए यूनिवर्सिटी में नाम लिखाया तो हॉस्टल

का कमरा छोड़ना पड़ा। ग़रीब घर का, नौकरी ये सोच कर की थी कि परिवार को पैसे भेजेगा। बड़ा हैरान हुआ कि अब क्या करे। ''नीना ने बाद में बताया था कि आधी तनख़्वाह तो घर के किराए में ही चली जाती, गाँव पैसा वग़ैरह क्या भेजता? ख़ैर चाहे जितना श्रवण कुमार रहा हो, बिलकुल घर में ही रख लेना...यह किसी को कैसे हज़म होता? बेचारी लीला ने ख़ैर मनाई कि जनेऊ के फ़ंक्शन में किसी ने उसके ससुरालवालों के सामने कुछ कहा-सुना नहीं, हालाँकि बात कौन-सी छुपी रहने वाली थी...''

छुपी न रहने वाली बात न सिर्फ़ छुपी नहीं रही बल्कि ख़ूब फैली-फूली। ''लोग माँ को आ-आ कर बताते—दोनों जने साथ में यूनिवर्सिटी आते-जाते हैं, फ़लाँ ने दोनों को बग़ीचे में साथ में चाय पीते देखा, सुना नीना उसके लिए सुबह-सुबह टिफ़िन लगाती है और भी जाने क्या-क्या। मैंने तो ख़ुद देखा था सब कुछ। माँ-डैडी का मन्दिर-पूजा वाला घर और नीना उस नीच जात को घर में बसाए। न-न करके भी डैडी के कानों में आ गया। एक बार उस प्रोफ़ेसर से भी मिलने गए, इसी बारे में बात करने के लिए और इतना गम्भीर मुँह किए लौटे।''

''नीना आँटी को तो घर-निकाला दे चुके थे नाना। और क्या उन्हें फाँसी लगवा देते? आप लोग सब पर अपने मन का थोपना चाहते हैं—आम्रपालि नाम क्यों रखा, लड़के को किरायेदार क्यों रखा? एंड व्हाट्स दिस नीच जात, ऊँच जात? एकदम वाहियात सोच है, निरी पेट्रीआर्की है यह सब।''

''अच्छा, ये सब पेट्रीआर्की है तो तुमने जो उस लड़के को दुत्कार दिया था जो लॉ कॉलेज में तुम्हारे पीछे-पीछे फिरता था, वह क्या था? उस समय तुमने यहीं कहा था ना कि रिज़र्व कोटा में सलेक्ट हुआ है, नौकर जैसा दीखता है, उससे शादी नहीं करूँगी। वो जात-पाँत वाली वाहियात सोच नहीं थी?'' मम्मी का स्वर पैना था।

सुदीपा चौंक गई। ''वो लड़का...ही वाज़ ए क्रीप...''

''तुम्हारा भेदभाव व्यक्तिगत पसंद-नापसंद है और हमारा जात-पाँत? बाक़ी हम लोग जो भी हों, जैसे का तैसा कहते हैं, कुनैन पर शहद नहीं लगाते,'' मम्मी उठ गई थीं।

तुहिना दीदी लहँगा सरफ़र करती आई थीं। ''यार, सच कहने पर सब

बुरा मान जाते हैं यहाँ। वाए कुडन्ट दे लेट मधु मौसी सिंग ? इतना सुंदर गाती हैं वह लेकिन सबको अपनी तान लगानी थी। कहाँ गईं मधु मौसी ? अभी तो तुम्हारे पास ही बैठी थीं।''

''मुझे मेरी हिपोक्रेसी याद दिला कर अंदर चली गई हैं।''

''हिपोक्रेसी ?''

''हाँ, देयर वाज़ ए गाए, मेरे पीछे पड़ा था लॉ स्कूल में, मैंने मना कर दिया था, मम्मी कह गई हैं कि मुझे जातिवाद पर कुछ कहने का राइट नहीं, क्योंकि मैंने उसे रिज़र्वेशन वाला कह कर रिजेक्ट कर दिया था...आए मीन, दोनों बातों की कोई तुलना ही नहीं, आए जस्ट डिंट लाइक हिम...''

''किन दोनों बातों की ? मुझे तो कुछ समझ नहीं आया।''

''मम्मी नीना आँटी के किसी नीची जाति के लड़के को टेनेंट रख लेने की बात बता रही थीं। यानी डैकेड्स ओल्ड बात है, लेकिन अब भी उसकी तलवार चमकाई जा रही है।''

''नीना आँटी की लाइफ़ ही इतनी जूसी है ! मैंने भी सुना है उस लड़के के बारे में !''

''अब तुम दोनों की शादियाँ हुईं, अब किस लड़के-अड़के की बात ?'' मीठी मौसी हँसती हुई कमरे में दाख़िल हुई और तकिया खींच कर आराम से पलंग पर बैठ गईं।

''नीना आँटी के शेड्यूल कास्ट बॉयफ्रेंड की बात।'' तुहिना दीदी ने गोद में अख़बार फैला लिया और दोनों हाथों को हल्के-हल्के रगड़ कर मेहँदी उतारने लगी थीं।

''अच्छा उसकी...जाने कहाँ से आया था, उसके कारण नीना की नेकनामी में और भी चार-चाँद लगे थे।''

''हाँ, मम्मी कह रही थीं...''

''अरे, तुम्हारी मम्मी तो नीना के यहाँ गई भी थीं, उसे समझाने। इधर लाओ, सरसों का तेल लगा दें, इतनी जल्दी उतार ली मेहँदी।'' मीठी मौसी तुहिना दीदी के हाथ में रुई के फ़ाहे से तेल लगाने लगीं।

''मौसी, रहने दीजिए, बदबू आती है।''

''हाँ, आती तो है, लेकिन फीकी मेहँदी सुर्ख़ हो जाती है। थोड़ी बदबू

झेल लो, ढेर सारी सुन्दरता के लिए।''

''तभी मम्मी कह रही थीं, उन्होंने सब ख़ुद देखा...'' सुदीपा बोली।

''क्या देखा?'' मीठी मौसी ने कड़वे तेल की कटोरी पलंग के नीचे सरका दी।

''नीना मौसी और उस रिसर्च स्कॉलर को।''

''उसने कहाँ देखा कुछ? नीना तो शुरू से बातें छुपाने में पक्की है, बिना बात की बात भी छुपाना, जैसे पूछो कि कौन-सी किताब पढ़ रही है या लाख के नए कड़े कहाँ से आए, तो होंठ खोलकर मुस्कुरा दे लेकिन जीभ हिला कर कुछ न कहे, भले ही टैगोर के एसेज ही पढ़ रही हो और कड़े शहर वाली मामी-सा ने ही दिए हों! बस, छुपा कर खिजाने में रस आता है उसे। मधु जीजी ने ओर-छोर क्या कोर भी नहीं देखा था!''

''लेकिन आप तो कह रही थीं कि मम्मी गई थीं उन्हें समझाने?''

''सो तो गई थीं। हम सब ही जाना चाहते थे। लेकिन हिम्मत की सिर्फ़ तुम्हारी माँ ने। मधु दीदी क्या दिखती थीं तब! ओझरिया की साड़ी और पल्स और इम्पोर्टेड पफ़्यूम की लपटें! कलाइयों और कान की लवों और बालों पर पफ़्यूम स्प्रे करते बस उनको ही देखा!''

''लीजिए, अब मम्मी के पफ़्यूम में नीना आँटी वाली बात खो जाएगी।''

''दीपू रानी, तुम्हारी नीना आँटी वाली बात पच्चीस साल बाद भी नहीं खोई है। ख़ैर, जब मधु जीजी ने कहा कि नीना को जाकर समझाएँगी, तब हमें पता था कि बिजूके को समझा लो चिड़े न उड़ाए मगर नीना को कुछ समझाना रेत में नदी बहाना। लेकिन फिर भी सरला जीजी वग़ैरह ने कहा—हाँ-हाँ जाओ, बात करके देखो। एक दिन शाम के वक़्त गई थीं मधु जीजी और वहाँ से सीधे मेरे पास आई थीं। उन दिनों फ़ोन-वोन कम ही होते थे और बहुत कम ही काम में लिए जाते थे, आजकल के जैसे मिलने-जुलने के पहले फ़ोन करके—कैन वी कम पूछने का ज़माना नहीं था। अब तो मनन-चिंतन के यहाँ जाने से पहले भी हम फ़ोन करके पूछ लेते हैं कि भई आएँ या नहीं।''

तुहिना दीदी ने लम्बी साँस खींची और छोड़ी। ''यह बताइये कि नीना आँटी के यहाँ क्या हुआ?''

''क्या हुआ? ज़ीरो बट्टा ज़ीरो माने महा ज़ीरो। नीना ख़ूब हँस कर मिली,

फिर से मोटी-ताज़ी हो गई थी और जैसे अब रंग-बिरंगा घर रखती है, नीले परदे, नारंगी सोफ़े, वैसा तब भी रखती थी। मधु जीजी ने कहा कि उनकी तो आँखें चौंधिया गई थीं रंगों की भीड़-भाड़ से। मधु जीजी कुछ बात छेड़ें उससे पहले नीना ही बताने लगी, किताबों-इताबों और यूनिवर्सिटी के बारे में। मधु जीजी को कहना पड़ा कि ये सब बातें करने नहीं आई हैं, उस नीच जाति के लड़के को घर में रखने के कारण पूरे परिवार की कितनी बदनामी हो रही है इसका नीना को कुछ ख़याल है? डैडी को जजशिप का ऑफ़र मिलने की बात है, उसका भी कुछ ध्यान करो। बस नीना की भवें चढ़ गईं, बोली, 'वह लड़का पढ़ाई में अव्वल है, रिसर्च वग़ैरह में मदद कर देता है, घर के पीछे के हिस्से में दो कमरे हैं उनमें रहता है, किसी को इसमें क्यों एतराज़ है? और डैडी की जजशिप में अड़चन क्यों, जब मुझे घर से निकाला था तब मैं भी तो अपने प्रोफ़ेसर के घर रही थी। मधु जीजी का सब्र टूट गया, उन्होंने भी कह दिया कि पहले उस प्रोफ़ेसर के साथ और अब इस नीच जाति के लड़के के साथ नाम ख़राब कर रही है। इतनी बात-बहस के दौरान उस लड़के का कहीं नामो-निशान नहीं, न जाने कहाँ, किस कोने में सुट्ट खींचे बैठा था। मधु जीजी ने समझाया कि घर आ जाओ, माँ-डैडी से माफ़ी माँग लो और कहीं ठीक-ठाक शादी कर लो कि सब चिंता दूर हो। इस पर नीना हँस कर बोली, 'लेकिन तब बेचारे प्रोफ़ेसर और इस लड़के का क्या होगा।' बस मधु जीजी उठ आईं।'' मीठी मौसी ने सिर हिलाया। ''बेमतलब, बेवक़्त मज़ाक़ करने की हमेशा की बुरी आदत रही नीना की...ख़ैर, न तो नीना मानी, न वह नीच जात ही दिखा कि उसको ही चार बातें सुना दी जातीं, न ख़ुदा ही मिला न विसाल-ए-सनम। बेचारी मधु जीजी जैसी सूखी-सूखी गई थीं वैसी ही लौट आईं।''

मम्मी के डिप्लमैटिक मिशन के इस तरह फ़ेल होने पर सुदीपा को कोई आश्चर्य नहीं हुआ। ''ये समझाना नहीं था, ये तो तोहमत लगाना था।''

''तोहमत तो नीना ने ख़ुद ही लगा ली थी, मद्दी तो उसे सुधारने की कोशिश करने गई थीं।'' मीठी मौसी पलंग से उठीं। उनके पैर की ठोकर से तेल की कटोरी लुढ़क गई। ''नीना की बात चले तो काम कैसे न बिगड़े...''

''कटोरी आपने पलंग के नीचे रखी, पैर आपका लगा लेकिन दोष नीना आँटी का?'' सुदीपा ने झुककर कटोरी उठाई। ''और अब आप बिना पूरी बात

बताए कहाँ जा रही हैं ?''

''पूरी बात सुनाकर भी क्या होगा ? जो तुम मानना नहीं चाहती हो वह थोड़े ही मान जाओगी,'' मीठी मौसी ने जाते-जाते कहा।

''आए जस्ट डोंट अंडरस्टैंड...इन सबको नीना आँटी से इतनी क्या प्रॉब्लम है ? अभी मम्मी टोक रही थीं कि समर और मैं उनके वहाँ इतना क्यों जाते हैं...''

''यार, तुम हर बात क्यों बताती हो उन्हें ? इतना गुडगर्ल बनकर क्या होगा ? हम अपनी ऐनिवर्सरी पर नीना आँटी के यहाँ थे, लेकिन किसी को गंध नहीं, बेकार में शिकायतें होतीं। नीना आँटी के यहाँ जाना बहुत रिलैक्सिंग है, आने पर कोई उथल-पुथल नहीं, जाते समय रोना-धोना नहीं, पर यह सब बात सबको बताने का कोई तुक नहीं।''

''उन्हें कोई क्रेडिट नहीं देता, हम सबको सपोर्ट किया है उन्होंने, जब ज़रूरत पड़ी है और हम भी उनके फ़ेवर में कुछ न कहें...''

''अरे, नीना आँटी को चैम्पियंस की ज़रूरत नहीं जो उनके लिए लड़े! शी इज़ केपेबल हरसेल्फ़।''

''फिर भी...''

''तुम समझतीं नहीं असल में ये सब लोग डरते हैं उनसे!''

''डरते हैं ? क्यों ?''

तुहिना दीदी ने सरसों के तेल में डूबी और अधरची मेहँदी से पीली-नारंगी हथेलियाँ ऊपर उठाए-उठाए रिसर्च स्कॉलर वाली बात का तार जोड़ा था। ''बहुत सालों पहले की बात है, आए वॉज़ स्टिल इन स्कूल, एक दिन मम्मी पूरी बात पापा को बता रही थीं और मैंने गैलरी में दरवाज़े के पीछे छुप कर सुना था!''

धीरे-धीरे नाना की ताक़ीद के बावजूद परिवार के लोग नीना आँटी के घर जाकर उन्हें समझाने की कोशिश में जुट गए। उन कोशिशों में शायद उस लड़के को देखने की जिज्ञासा भी छिपी थी। परिवारवालों ने उसके बारे में सुना भर था, लेकिन वक़्त-बेवक़्त धमकने पर भी किसी ने उसे देखा नहीं था। नीना आँटी सबसे मिलतीं, चाय-नाश्ता देतीं, माता-पिता के पैरों पर गिरकर माफ़ी माँगने की हिदायतें सुनतीं और मुस्कुराती रहतीं। इतने लोगों के इतनी तरह से

उपदेश देने के बाद भी न 'हाँ' कहतीं, न 'ना'। रिश्तेदार लौटकर नानी को क्या कहें इस दुविधा में पड़ जाते और कई दिनों तक बँगले में नहीं आते, जब आते तो कहते—हमने घणा समझाया, थोड़ा सब्र और करो, अगली बार बात बन जाएगी। ख़ुद जाकर नीना आँटी को घर ले आएँ, ऐसा करने का नानी सपना भी नहीं देख सकती थीं, लेकिन फिर भी एक छोटा-मोटा विद्रोह उन्होंने कर ही डाला—नाना से छुपाकर रखा हुआ नीना आँटी का एक फ़ोटो फ्रेम में लगा कर बैठक में सजा दिया। नाना ने देखा तो ज़रूर होगा लेकिन कुछ कहा नहीं। तब तक नानी की सेहत उन्नीस-बीस रहने लगी थी, हालाँकि वह कुछ कहती नहीं थीं, बस जब ज़्यादा तबीयत ख़राब होती तो चुपचाप अपने कमरे में लेटी रहतीं। सुदीपा के लिए बाम की गंध और खींचे परदों वाला नीम अंधेरा तभी से बीमारी के ख़याल से जुड़ गए।

 फ़ोटो लगाने और नाना के चुप रह जाने से आशा बँधने लगी कि शायद नीना आँटी की बेदख़ली ख़ारिज कर दी जाए। उन्हीं दिनों ख़बर आई कि नीना आँटी का नीच ज़ात का किरायेदार खदेड़ दिया गया है। नानी ने सुना तो हाथ जोड़े, गहरी साँस ली और हनुमान जी की सवामणी के इंतज़ाम में लग गईं। पूरी बात धीरे-धीरे और अलग-अलग लोगों से पता चली। सबसे प्रामाणिक जानकारी नीना आँटी के माली ने दी। हुआ यूँ कि एक दिन सुबह-सुबह एक औरत गेट खोलकर घर में घुस आई। नीना आँटी और उनका किरायेदार बाग़ में बैठे सुबह की चाय पी रहे थे। औरत को देखकर जनाब किरायेदार का रंग उड़ गया। औरत ने जाकर उसका हाथ पकड़ लिया, कहा—मेरा पति है, डेढ़ साल से गाँव नहीं आया, एक चिट्ठी भी नहीं लिखी, अब मैं आई हूँ अपने पति को लेने। नीना आँटी कुछ क्षण अवाक् देखती रहीं। फिर उठ कर अंदर चली गईं। किरायेदार भी उस औरत को एक ओर हटाकर उनके पीछे-पीछे गया। वह औरत रूखी आँखें हरी घास पर गड़ाए लॉन में खड़ी रही। थोड़ी देर में यूनिवर्सिटी जाने को तैयार नीना आँटी निकलीं, साथ किरायेदार भी। औरत नीना आँटी के सामने आ खड़ी हुई। नीना आँटी ने किरायेदार की ओर इशारा कर कहा कि तुम्हारा दावा उस पर है, मुझसे कोई वास्ता नहीं। इसके बाद क्या हुआ इसके बारे में ठीक-ठीक कहना मुश्किल है लेकिन जब नीना आँटी यूनिवर्सिटी से घर लौटीं तो वह औरत लॉन में उकड़ूँ बैठी थी और किरायेदार अपने कमरे

में बंद था। नीना आँटी को देखते ही औरत उनकी ओर दौड़ी, कहने लगी कि तुमने जादू-टोना कर दिया है, मेरा आदमी पागल हो गया और भी जाने क्या-क्या अवाल-बवाल। उसके शोर से गली में मजमा-सा लग गया। नीना आँटी मुहल्ले में किसी से मिलती-जुलती नहीं थीं। इस हंगामे से लोगों को मौक़ा मिला और अड़ोसी-पड़ोसी ''क्या हुआ, क्या हुआ'' कहते हुए घर में घुस आए। बड़ी मुश्किल से किरायेदार के कमरे का दरवाज़ा खुलवाया गया, लोगों ने उसे डाँटा-डपटा, समझाया-बुझाया लेकिन वह बिना एक शब्द कहे नीना आँटी की ओर देखता रहा। जब बात ख़त्म होने पर नहीं आई तो नीना आँटी ने आवाज़ ऊँची की। आख़िर नाना की बेटी थीं, जानती थीं कि जो मसले सुलझ न रहे हों, उनको बुलंद आवाज़ से ख़ारिज किया जा सकता है, बोलीं, 'आप सब लोग यहाँ से चले जाइए, आपके भीड़ लगाने से कुछ सुलझ नहीं रहा,' और किरायेदार को कहा, 'बहुत हुआ, तुम अपनी पत्नी के साथ जाओ, बेकार का तमाशा बन गया है।' फिर वह ख़ुद घर के भीतर चली गईं और दरवाज़ा बंद कर लिया। नीना आँटी के जाते ही भीड़ छँटने लगी और लोगों ने किरायेदार को उस औरत के साथ रिक्शे में बैठा कर रवाना कर दिया।

''सच ए टेम एंडिंग...'' सुदीपा ने मुँह बनाया।

''लेकिन एंडिंग हुई कहाँ?'' तुहिना दीदी ने कहा, ''कहानी तो अब शुरू हुई। दो दिन बाद जब नानी सवामणी के लिए पंडित न्यौत रही थीं और हनुमान जी की पताका-पोशाक बनवा रही थीं, रिसर्च स्कॉलर या किरायेदार या वह जो भी था, सुबह-सुबह नीना आँटी के गार्डन में पाया गया। उनकी खिड़की के पारा, ओस से तमाम कपड़े गीले, आँखें लाल। माली और नौकर ने पकड़ कर निकाला लेकिन अगली सुबह वह फिर नीना आँटी की खिड़की के नीचे पड़ा मिला। उसी दिन नीना आँटी ने यूनिवर्सिटी से छुट्टी ली और बिना किसी को बताए शहर से बाहर चली गईं। बेचारी नानी ने मीठी मौसी और टुन्नू मामा को नीना आँटी के घर उन्हें लिवा लाने भेजा तो घर पर ताला और किरायेदार क्यारी की गीली मिट्टी में घुटने टेके बैठा! मौसी और मामा तो उसकी शक्ल देखकर डर गए और उलटे पैर लौट पड़े। नाना ने सुना तो पुलिस में कम्प्लेंट की। उस आदमी को कई बार नीना आँटी के घर से निकाला गया। आख़िर में नीना आँटी

के घर के बाहर सिपाही लगा दिया गया और वह आदमी कुछ दिन भटकने के बाद कहीं चला गया और फिर कभी नहीं दिखा। कुछ दिनों बाद नीना आँटी भी लौट आईं, लेकिन अकेली नहीं, अपने साथ एक काले रंग की दुबली-पतली बिल्ली ले आईं।''

''बिल्ली जो असल में पीली, घूरती आँखों और बुरे मिज़ाज वाला बिल्ला था। ये है क़िस्सा-ए-नीची जाति का रिसर्च स्कॉलर!'' तुहिना दीदी ने हाथों पर लगा सरसों का तेल अख़बार पर पोंछ डाला। ''दिस स्टिंक्स। मैं कम सुंदर रची मेहँदी से ख़ुश हूँ।''

''बट तुहिना दीदी दिस इज़ इंक्रेडिबल...नीना आँटी के पास उतने सालों पहले भी एकदम बिल्ले का क्लोन था?'' सुदीपा को याद नहीं कि बिल्ला कब से नीना आँटी के छोटे से दल का हिस्सा रहा है। उसने कभी नीना आँटी को उसका कोई ख़ास लाड-दुलार करते नहीं देखा। यहाँ तक कि उन्होंने उसका नाम रखने की भी ज़हमत नहीं उठाई है। बिल्ले का नाम बस बिल्ला है और नीना आँटी की निरी उदासीनता के बावजूद वह हमेशा उनके आस-पास बना रहता है। नीना आँटी के अलावा उसे कोई सुहाता नहीं। कोई उँगली भी लगाए तो पलटकर पंजा मार देता। परिवार वाले सब जानते हैं कि बिल्ले को पुचकारने का मतलब एक गहरी गुर्राहट और हाथों-बाँहों पर खरोंचें।

''क्लोन नहीं, यही बिल्ला। अॅकोर्डिंग टू आवर फ़ैमिली यह नीना आँटी के पास तीस सालों से है।''

''लेकिन ऐसा कैसे हो सकता है? कैट्स तो ज्यादा-से-ज्यादा दस-बारह साल ज़िंदा रहती हैं।''

''मैं तो तुम्हें वह बता रही हूँ जो सब कहते हैं। राधिका दीदी ने एक बार बताया था कि उन्हें याद है बिल्ला नीना आँटी के सोफ़े की पीठ पर पसरा रहता था, राधिका दी ने उसको पैट किया तो उन्हें पंजा मार दिया था और उनकी लेस वाली फ्रॉक फाड़ दी थी। तो क्लीयरली बिल्ला महाशय तब भी थे और ऐसे ही बदमिज़ाज थे, जब राधिका दी फ्रॉक पहनती थीं। नीना आँटी के घर में एक पार्टी की तो मुझे भी याद है। नाना तब नीना आँटी के पास रहने लगे थे, पार्टी गार्डन में थी और बिल्ला मोरपंखी की झाड़ में घुसा बैठा था, उसकी पीली आँखों को अंधेरे में चमकता देख कर मनन और मैं डर गए थे...''

11

नीना आँटी को माफ़ किया जाना एक क्रिया कम, प्रक्रिया अधिक थी, जो नानी के निमोनिया के शिकार होने से पहले ही शुरू हो गई थी। यह प्रक्रिया सम्पूर्ण तब हुई जब इतने सालों उनसे नाराज़ रहे ग़ुस्सैल नाना ने आख़िर को बिना माँगे ही नीना आँटी को माफ़ी दे दी थी और अपने जीवन के अंतिम वर्ष उनके साथ, यूनिवर्सिटी के पीछे की गली वाले उनके छोटे से घर में बिताए।

नीना आँटी के पहाड़ से लौटने के बाद, उनकी ख़बर देने वाले बताते कि वह कैसे अपने दिन काम-काज और पढ़ाई-लिखाई में बिताती हैं, फ़लाँ कॉलेज में भाषण और फलाँ स्कूल में पुरस्कार-वितरण के लिए बुलाई गई हैं। जिस साल प्रदेश के राज्यपाल ने बुद्धिजीवियों को दी जाने वाली सालाना चाय-पार्टी में पहली बार नीना आँटी को आमंत्रित किया, नानी ने हनुमान मन्दिर में प्रसाद चढ़ाया था। परिवार, पड़ोसियों और मिलने-जुलने वालों के यहाँ स्टील के प्यालों में चूरमा भिजवाया गया था। रिश्तेदारों और परिचितों ने मुँह सिकोड़ा था। ''शहर से मामियाँ, चाचियाँ बेचारी माँ को सता जाती थीं जब-तब नीना को लेकर। जब माँ ने प्रसाद के कटोरदान भिजवाए तो कहने लगीं—क्या ब्याह हो रहा है नीना का? माँ ने पहली बार जवाब दिया—शादी तो सबकी होती है, हमारी-तुम्हारी भी हुई हालाँकि अचार-बड़ियाँ बनाने के अलावा हमें कुछ नहीं आता था, लेकिन गवर्नर के यहाँ से किसी और को न्योता नहीं आया आज तक।'' बच्चू मौसी ने बताया था। ठंडे होते दूध के पतीले में बर्फ़ के टुकड़े डालती सरला मौसी ने सिर हिलाया था, ''माँ तो ऐसा कह ही नहीं सकती थीं, लाला। इतनी बात तो वो किसी से करती ही नहीं थीं। बस चुपचाप सुनकर अकेले ही दुखी हो लेती थीं।''

''मामी सा ने ही बताया था यह, माँ के जाने के बाद कि नीना को लेकर सबको जवाब देने लगी थीं...'' बच्चू मौसी ने मसालों और केसर से सुगन्धित ठंडाई की बोतल को दोनों हाथों से पकड़ कर हिलाया था।

''न। मैं मान ही नहीं सकती कि माँ ने कहा...''

''तुम मान सकती थीं जो माँ ने किया जाते-जाते? माँ को हम-तुम जितना समझते थे बस उतनी ही नहीं थीं वो। सब नीना से रूठे, अकेली वो

ही कभी नीना से सचमुच नाराज़ नहीं हुई थीं, उसके घर से भाग जाने पर भी नहीं...''

''माँ ने क्या कहा, क्या नहीं, माँ के साथ गया,'' मम्मी ने ख़ाली गिलासों का जख़ीरा टेबिल पर सजा दिया था, ''ठंडाई मिलाओ दूध में, बर्फ़ पिघल कर पानी हो रही है।''

हर साल नानी अक्टूबर-नवम्बर की कड़कड़ाती ठंड में कार्तिक नहाती थीं। सुबह-सुबह, तारों की छाँव में, बाल्टी में रात भर रखे बर्फ़ीले पानी से नहाना, एक वस्त्र में पूजा-पाठ, डूबते तारों को जलदान और परिक्रमा। उस साल हफ़्ते भर के बाद ही उन्हें बुख़ार चढ़ आया था। डॉक्टर ने अस्पताल में दाख़िल करने की सलाह दी, लेकिन नानी ने धीरे-धीरे और हाँफते हुए कहा कि कार्तिक-नहान बीच में नहीं छूटना चाहिए, अस्पताल में कहाँ नियम और छूतछात का ध्यान रह पाएगा ? नाना ने घर में ही नर्स रखवा दी। चढ़े बुख़ार में मम्मी, मामी या मीठी मौसी उनके माथे-आँख-कान पर पानी में डूबी उँगलियाँ छुआ देतीं और उनकी जगह अर्घ्य, दान वग़ैरह के नियम निभा देतीं। सरला मौसी और बच्चू मौसी भी भोपाल से आ गई थीं और घर भर में काढ़ों और सेंक करने की आटे और मसालों वाली पोटलियों की गंध भरी रहने लगी थी। ब्लड-टेस्ट के नतीजे आए तो निमोनिया निकला। डॉक्टर ने एक बार फिर ज़ोर देकर कहा कि अस्पताल में बेहतर देखभाल होगी, लेकिन जैसे देह की कमज़ोरी के अनुपात में नानी की ज़िद बढ़ गई थी। बेटियों से घिरी, बहू और नाती-पोतों से भरे घर में अपने कमरे में चुप लेटी, कभी कोई जिरह-शिकायत न करने वाली नानी ने सिर नकार में हिला दिया—कार्तिक भर कहीं नहीं जा सकती, संध्या का समय हो गया है, दीपक जोड़ने मन्दिर कौन जा रहा है ? कल गाय को घास, कबूतरों को दाना और चीटियों के बिल पर आटा बुरकवा दीजिए और नीना को ख़बर भिजवा दीजिए। नाना ने नानी के दुबले चेहरे पर निगाह डाली और नर्स के साथ डॉक्टर की भी रोज़ की ड्यूटी लगवा दी थी, लेकिन नीना आँटी को ख़बर नहीं करवाई थी। आख़िर में नीना आँटी को फ़ोन मम्मी ने किया था। कार्तिक का अंतिम दिन था। नानी का माथा पानी-सा ठंडा होने लगा था। हाथों के कंगन कुहनी तक सरक आए थे। पूरी रात हलक़ में अटकती साँस की भयानक बेचैनी में जागते रहने के बाद ठीक सुबह होने से पहले उन्होंने मम्मी

को कहा था—नीना को बुला दो, उससे दो बात किए बिना प्राण नहीं निकलेंगे मेरे। मम्मी ने रोते-रोते फ़ोन किया था। नीना आँटी जैसी सो रही थीं, वैसी ही रात के कपड़ों में, शहर की अँधेरी ख़ाली सड़कों पर तेज़ी से गाड़ी दौड़ाती आई थीं। बँगला रिश्तेदारों से भरने लगा था, मगर नीना आँटी बिना दाएँ-बाएँ देखे सीधे नानी के कमरे में पहुँच गई थीं। बड़ी और छोटी मामी बाहर वाले कमरे में 'सुंदरकांड' पढ़ रही थीं और नीना आँटी की उतावली चाल से चौंक उठी थीं। ''घोड़े-चढ़ी आई थी नीना, गुलाबी नाइट सूट में, बाल बिखेरे। हम सब भौंचक रह गए थे...'' बड़ी मामी ने बात छिड़ने पर आश्चर्य से आँखें विस्फारित कर कहा था, ''मैंने तब भी कहा था, मधु जीजी को नीना जीजी को बिना अपने भाई और डैडी से सलाह किए बुलाना नहीं चाहिए था।''

''मॉम, नानी की लास्ट विश थी नीना आँटी से मिलना। मधु बुआ कैसे फ़ोन नहीं करतीं?'' निशिता तल्ख़ी से बोली थी।''आपको नीना आँटी के आने का नहीं, दादी के ब्रेसलेट्स के जाने का दु:ख है।''

''नीना का जादू कैसा सबके सिर पर चढ़ कर बोलता है...'' मामी बड़बड़ाई थीं।

नीना आँटी को देखते ही नानी की सूखी आँखें झरने लगी थीं। ''नीना, मैं चली, अपने डैडी को सँभाल वरना ये एक दिन भी नहीं चल पाएँगे...'' धीमे सुर में कहने के बावजूद नानी के शब्द कमरे में भरे उनके बेटों, बेटियों और पति ने सुने थे। नीना आँटी उनके पैरों की ओर बढ़ी थीं। ''न, न अभी नहीं, थोड़ी देर बाद पैर छूना। प्राण रहते पलंग पर पैर नहीं छुआते।'' नीना आँटी चुपचाप सिरहाने आ बैठी थीं। ''नीना, यह सब क्यों हुआ? अपने मन की बात मुझे बता...'' नीना आँटी ने नानी का दुबला हाथ अपने हाथों में ले लिया था।''मुझे बता, कहाँ छेद रह गए? कहाँ दुखता है? क्या दु:ख भोगा तूने...कुछ कहा ही नहीं कभी, इतने सालों का अबोला...''

''माँ, तुम चुप रहो, आराम करो...'' मामा के कहे पर नानी ने ध्यान नहीं दिया था। ''मैं भी कुछ पूछ नहीं पाई, इतने सालों सोचती ही रह गई। अब तू कह, मैं सुनूँगी, नीना...'' नानी को एक साथ इतना बोलते किसी ने कभी नहीं सुना था। नाना ने भी नहीं। नीना आँटी ने नानी का हाथ पकड़े-पकड़े कमरे में चारों ओर नज़र डाली थी। ''मुझे माँ से बात करनी है। आप लोगों के पास

इतने सारे साल थे, मेरे लिए बस ये कुछ घंटे हैं। आख़िरी मौक़ा अकेले में बात करने का...''

''ऐसी कड़े दिल की, वहाँ माँ के पास बैठे-बैठे कह रही थी—आख़िरी समय है, फिर मौक़ा नहीं मिलेगा। हम लोगों के तो आँसू नहीं रुक रहे थे और वह सूखी आँखों, रूखे-रूखे कह रही थी—माँ जा रही हैं, उनकी शांति के लिए उनसे बात करनी है।'' मीठी मौसी के हमेशा हँसते चेहरे पर भी उस दिन की बातें बताते हुए आड़ी-तिरछी लकीरें खिंच जातीं। नाना ही सबसे पहले कमरे से निकल गए थे, उनके पीछे बाक़ी सब भी। सुबह होने पर डॉक्टर नानी को देखने आया था। नानी तब शांत लेटी थीं। छाती में कष्ट से खिंचती साँस की साँय-साँय बंद हो गई थी। डॉक्टर ने स्टेथोस्कोप हटा कर कहा था, ''आश्चर्य है कि फेफड़ों में इस क़दर इंफ़ेक्शन और जकड़न के बावजूद साँस लेने में तकलीफ़ नहीं है। अच्छा है कोई कष्ट नहीं पा रही हैं अब, आज दिन भर मॉनीटर करना होगा।''

पूरे दिन नीना आँटी नानी से सटी, उनका हाथ पकड़े बैठी रहीं। एक मिनट को भी उनके पास से नहीं हटीं। नानी का चेहरा शांत था, उस पर एक कोमल आभा थी। एक भीनी गंध उनके चारों ओर मँडरा रही थी। ''जैसे गुलाब के फूल लगे हों कमरे में। दवाई, पुल्टिस, बीमारी की कोई गंध नहीं थी माँ के कमरे में अंतिम समय में, एकदम जैसे अभी-अभी कार्तिक का पुण्य-नहान करके आई हों...'' मीठी मौसी मद्धिम सुरों में कहतीं, ''एकदम शांत पड़ गई थीं माँ।'' आँखें बंद होने के बावजूद महीने भर की बीमारी में नानी सबसे अधिक चेतन लग रही थीं। सरला मौसी ने उनके बालों में हल्के हाथों कंघी की और दो चोटियाँ बना दीं। जब सरला मौसी के कहने पर नाना ने नानी के माथे पर सिन्दूर की बिंदी लगाई और नानी ने आँखें खोलीं, तो कोई नहीं जानता था कि नानी आख़िरी बार आँखें खोल रही हैं। इशारे से ही उन्होंने अपने हाथों में पहने सोने के भारी कंगन उतरवाए। ''मेरे पाटले नीना को... '' उन्होंने कहा और फिर आँखें बंद कर लीं। एक हाथ में कंगन और दूसरे में नानी का हाथ थामे नीना आँटी पंद्रह घंटे बिना हिले-डुले, बिना मुँह में पानी या अन्न का एक दाना भी डाले बैठी रहीं। ''ऐसी सुन्दर दिख रही थीं माँ, हमें लगा ही नहीं जा रही हैं...'' मौसियाँ कहतीं। उनके गले भर आते और वे

एक-दूसरे की पीठ सहला, बाँह मसल निःशब्द धीरज देतीं।

नीना आँटी का हाथ नानी के निर्जीव हाथ से डॉक्टर ने अलग किया। ''शी इज़ नो मोर...अब वे नहीं हैं...'' सबके कंठ से रुदन फूट पड़ा। नीना आँटी उठ खड़ी हुईं और धीरे-धीरे कमरे के बाहर हो गईं। बाहर वाले कमरे में पहुँचते-पहुँचते वे लड़खड़ाईं और एकदम गिर पड़ीं, जैसे किसी ने उनके पैर काट दिए हों। पीछे आते नाना ने उन्हें उठाया। सुदीपा को याद है कि जब वह सब भाई-बहनों के साथ, लाल बनारसी साड़ी और सिंदूर की बड़ी-सी बिंदी में दिपती नानी के दर्शन के लिए कतार बाँध खड़ी थी तो नीना आँटी फ़र्श पर एक कोने में बैठी थीं, उठे घुटनों पर बाँहें रख शरीर साधे, जैसे उन्हें लम्बी प्रतीक्षा करने की आदत हो और जिसकी प्रतीक्षा है उसके आते ही उठ पड़ने की भी। मौसियों, मामियों और दूसरी औरतों की हल्के रंगों की सादी साड़ियों के बीच उनका हल्के गुलाबी रंग का, कलियों के प्रिंट वाला नाईट-सूट अलग झलक रहा था। उनकी मुट्ठी में नानी के कंगन जकड़े थे।''जाने उनका किया क्या नीना ने...।'' सरला मौसी ने कहा था, जैसे निशिता के कंगन वाले जुमले का तीखापन उन्हें छुआ भी न हो, ''इतने चौड़े पाटले थे,'' उन्होंने उँगली-अँगूठा फैला कर दिखाया।''दस तोले के।'' मामी ने जोड़ा था।''माँ को डैडी ने इनके जन्म पर दिए थे। ये अभी भी कहते हैं, मेरे जन्म के कंगन थे, माँ इसीलिए हमेशा पहने रहती थी।...छीजने पर भी कम-से-कम आठ-नौ तोले के तो रहे होंगे...।'' निशिता उठ कर चली गई थी।

सुदीपा, निशिता के अनखनाने का कारण जानती थी। उन दिनों उसकी एक लड़की से बहुत गहरी दोस्ती हो गई थी।''दोस्ती नहीं, दीप, आए लव हर! फ़ीलिंग्स के लिए सही शब्दों का इस्तेमाल करना चाहिए, ग़लत शब्दों से सही बातें कैसे कही जा सकती हैं?'' निशिता ने सुदीपा के रसोईघर में ऐलान किया था। समर का जन्मदिन था और लिविंग रूम में समर-सुदीपा के पड़ोसियों, समर के दोस्तों और सहकर्मियों ने अभी-अभी, 'हैप्पी बर्थ डे' गाकर ख़त्म किया था। सुदीपा पेपर-प्लेट्स और डिसपोज़ेबल चम्मच-काँटे लेने रसोई में आई थी। उसका मुँह खुला रह गया था।''आर...यू श्योर निशिता? कभी-कभी समझने में गलती भी हो सकती है...'' निशिता ने गहरी आँखों से उसे देखा था और सुदीपा हैरान रह गई थी—निशिता की आँखें कत्थई हैं! बचपन से साथ रहे

और कभी ध्यान नहीं गया...''प्यार पहचानने में कैसी ग़लती ? ग़लती तो प्यार न पहचानने में होती है या ग़लत प्यार को सही मान लेने में।'' सुदीपा, निशिता को देखती रह गई तो वह थोड़ा झेंपी थी, ''नीना आँटी के पास गई थी लास्ट वीकेंड। उनसे बात करके बहुत कुछ समझ आया और साहस भी मिला। मम्मी-डैडी को जल्द ही बताऊँगी।''

''निशिता, मामा को हार्ट अटैक आ जायेगा...तेरी शादी के लिए लड़के देखने का कह रहे थे पिछली बार...''

''इसीलिए तो अभी बता देना ज़रूरी है।''

अगले ही हफ़्ते भाई-बहनों में से जो-जो भी आ सके, सब नीना आँटी के यहाँ इकट्ठा हुए थे। ''यू मस्ट नॉट एक्ट इन हरी,'' राधिका दीदी ने कहा था और सबने सिर हिलाया था। ''तुम अभी उस लड़की को सिर्फ़ कुछ महीनों से जानती हो।''

''लेकिन अपने को तो मैं सालों से जानती हूँ, राधिका दी,'' निशिता खिड़की के सामने खड़ी थी। बाहर शाम उतार पर थी और उसका चेहरा अस्पष्ट था, लेकिन उसकी लम्बी, दुबली देह खिड़की से दीखते लाल-नारंगी ज्योतित आकाश की पृष्ठभूमि पर गहरी काली रेखाओं में अँकी थी।

राधिका दीदी ने कंधे झटके, ''मैं यह नहीं कह रही कि तुम...यू शुडन्ट... लेकिन तुम बहुत-सी चीज़ें नहीं जानतीं अभी, तुम्हारा कभी कोई बॉयफ्रेंड वगैरह रहा ही नहीं...''

निशिता के होंठ विद्रूप हो गए, ''यू मीन मुझे सेक्शुअल एक्सपीरिएंस नहीं है ?''

देर से चुपचाप सुनती नीना आँटी ने पैर से बिल्ले को परे सरका कर सोफ़े के कुशन सँवारे थे। ''भई, मैं आजकल बिना माँगे भी सलाह देने लगी हूँ,'' उन्होंने हल्के सुर में कहा लेकिन उनकी आवाज़ में मुस्कुराहट नहीं थी। ''सो, मेरी सलाह यह है, निशिता, कि जब कुछ बताने लायक हो तो बता देना चाहिए। अगर तुम कंचन को बड़े भाई और भाभी से मिलवाना चाहती हो तो उन्हें बताने के लिए यह सही समय है। और अगर ऐसा है, तो मैं तुम्हारे और कंचन के साथ चली चलती हूँ जयपुर।''

निशिता हड़बड़ा गई थी। ''इट्स अर्ली फ़ॉर दैट...हम अभी उतने सीरियस

नहीं हैं, अभी तो सिर्फ़ एक-दूसरे को जान रहे हैं...उतना बड़ा कमिटमेंट अभी...''

''तो जब सीरियस हो और कमिट कर पाओ तब कहो। अभी कहने के लिए है ही क्या? व्यर्थ का हंगामा करके क्या अचीव करोगी?'' वह मुलायमियत के साथ मुस्कुराई थीं। ''बिन-माँगी सलाह है, न लो, न सही लेकिन इस पर सोचो ज़रूर।'' बिल्ला सरकता-सरकता फिर नीना आँटी के पास पहुँच गया था और कमरे में घिरती छायाओं में सबसे घनी छाया-सा उनके पैरों में पड़ा था।

~

नानी के अंतिम संस्कार के बाद नाना ने पंडितों-कर्म कांडियों की फ़ौज जुटा ली थी। डेढ़ महीने का सूतक लगा था। नीना आँटी बँगले में रह गई थीं और उन्होंने गौ-ग्रास से लेकर अनबुझ दीप जोड़ने तक का सब ज़िम्मा अपने ऊपर ले लिया था। जब सब बैठकर *भगवत पुराण* सुन रहे होते, वे एक वस्त्र पहने, रसोईघर में खाना बनाने में जुटी होतीं। नानी की तुलसी, नानी के लड्डू गोपाल, नानी के नियम-संयम सब उन्होंने पाले थे! ''भले जीते जी नीना ने माँ को कभी कुछ नहीं समझा, लेकिन जब माँ गई तब उसने कमाल किया था,'' बच्चू मौसी ने चमचा भर ठंडाई दूध के पतीले में घोल दी थी, ''लो चखो,'' उन्होंने चम्मच भर दूध सुदीपा की ओर बढ़ाया था, ''मीठा कम-ज्यादा?''

''कम मीठा है, मौसी।''

''इन बच्चों को हर चीज़ कम मीठी लगती है,'' मम्मी ने दूध की बूँदें मुँह में डाली थीं, ''बिलकुल ठीक है। और डालने से बड़े भाई के होंठ चिपकेंगे। अपने लिए अलग से डाल लेंगे ये।''

बच्चू मौसी गिलासों में दूध उड़ेलने लगी थीं। ''नीना बचपन में भी ऐसी मोटी-ताज़ी, पट-पट बोलने वाली थी और हमेशा से डैडी की पिछलग्गू! जहाँ-जहाँ डैडी जाएँ, वहाँ-वहाँ पीछे नीना। माँ बेचारी की कोई परवाह नहीं थी उसको। एक बार बोली—माँ का नाम ठीक रखा उनके माता-पिता ने—छाया, बिना दूसरों के आधार के जो एक पल नहीं टिके, जिसका अपना कोई रूप नहीं, जिसे पेड़, पहाड़ या चिड़िया का पंख, कुछ भी बदल दे। माँ कैर-सांगरी सुखवा रही थीं छत पर। एक मिनट हाथ-पर-हाथ धर कर नहीं बैठती थीं माँ। सुनकर बोलीं, वैसे ही धीरे-धीरे जैसे हमेशा बोलती थीं, 'छाया होना धूप होने से अच्छा है'।''

‘‘वाओ! कोटेबल कोट है! फिर नीना आँटी ने क्या कहा?’’

‘‘नीना क्या कहती? वो कहाँ थी वहाँ? ये उन दिनों की बात है जब यूनिवर्सिटी के पीछे वाली गली में नई-नई रहने लगी थी।’’

‘‘तो नानी को नीना आँटी का कहा कैसे पता चला?’’

‘‘माँ को तो हमने बताया, हमें कहा था उसने। बेचारी माँ का कैसा मन दुखाया था उसने।’’

‘‘उन्होंने कहाँ नानी का मन दुखाया? नानी का मन तो आप लोगों ने दुखाया, उन्हें नीना आँटी की बात बता कर।’’

‘‘अरे वाह, तो क्या माँ को नहीं कहते, चुपचाप बात पी जाते? कैसे बच्चे हैं ये...।’’

सुदीपा भी उठकर बाहर चली आई थी। गार्डन में मायरा खेल रही थी। बार-बार रीना का पल्लू खींचकर कहती, ‘‘रन, मम्मी, कैच मी!’’

‘‘यू गाइज़, प्लीज़ बच्चे पैदा करो जल्दी-जल्दी कि मायरा को खेलने वाले मिलें, मैं थक गई! मनन कहता है कि तुम लोग सब साथ खेलते थे, बहुत फ़ोंड मेमोरीज़ हैं उसे उन दिनों की!’’

‘‘मुझे नहीं,’’ सीमेंट की बैंच पर चंपा के फूलों, घास के तिनकों और सूखे पत्तों से लैंडस्केप बनाती निशिता ने कहा।

‘‘न मुझे,’’ सुदीपा ने जोड़ा। ‘‘द ओल्डर वन्स वर बुलीज़। कभी हमारी पसंद का कुछ नहीं खेलते थे और जो कोई काम ख़ुद नहीं करना चाहते थे वह सारे काम हमें दे देते थे—जाओ, करौंदे खोज कर लाओ, किचन में से शुगर-क्यूब्ज़ चुराकर लाओ, कोने में बैठ कर बेबी बन जाओ...’’

निशिता ने यत्न से बनाया चित्र बिखेर दिया। सुदीपा ने उसे कनखियों से देखा और गिरे हुए फूल उठाकर मायरा को उनकी नरम डंडियाँ आपस में उलझा, माला गूँथना सिखाने लगी।

12

नीना आँटी तीज से एक दिन पहले आई थीं। ‘‘हम गृहस्थी वाले सब छोड़-छाड़ कर चार दिनों से यहाँ हैं और तू आज आई है,’’ बच्चू मौसी ने ताना दिया था।

नीना आँटी मुस्कुराई थीं, जैसे बच्चों को बहला रही हों। ''आप सबकी गृहस्थी है, इसीलिए तो जल्दी आईं! मुझे अपना घर छोड़ने की जल्दी क्यों हो?''

''बॉम्बे में मौसम कैसा है, नीना आँटी?'' जिनि ने हमेशा की तरह पूछा। जिनि पारसी थी, मुंबई में जन्मी-पली-बढ़ी। चिंतन उससे अपनी पहली मुलाक़ात का क़िस्सा खूब रस लेकर सुनाता, ''मैं मेट्रो वाली स्पोर्ट्स शॉप में था, फुटबॉल बूट्स देख रहा था कि दरवाज़ा खुलता है और सब लोग मुड़-मुड़ कर देखने लगते हैं—टीशर्ट और शॉर्ट्स पहने लोगों की भीड़ में हमारी ये जिनि एक पिंक-सी साड़ी में, सिर ढँके, कंधे पर चमकती पिन लगाए दाख़िल होती हैं। आए एडमिट कि मैं भी देखता रह गया था! फिर ये साड़ी चारों तरफ़ फैला कर एक स्टूल पर बैठ गईं। ज़मीन पर लटकते पल्लू पर गलती से मेरा पैर पड़ गया तो ऐसे चीखी जैसे चाकू मार दिया हो! मैं माफ़ी माँग रहा हूँ और ये और भड़क रही हैं। मेरा भी पारा चढ़ गया, मैंने कहा—ऐसे ताम-झाम के साथ कोई स्पोर्ट्स शॉप में आता है? तो बोलीं, ''मोज़े लेने आई हूँ, नए पम्प्स काट रहे हैं!'' चिंतन ठठाकर हँसता। ''बस जिस तरह कहा इसने, मैंने मन में कहा—शी इज़ द वन! जो साड़ी के साथ स्पोर्ट्स सॉक्स पहनने वाला प्रैक्टिकल माइंड रखती है लेकिन साड़ी के पल्ले का कोना दबने पर झगड़ने लगती है!'' जिनि के चेहरे पर हल्की मुस्कान होती। ''मेरी ग्रेट ग्रैंड मदर की गारा साड़ी थी, हंड्रेड ईयर ओल्ड साड़ी...पास में अग्यारी में मेरे भाई की नवजोत थी। जूते काटे तो आए क्रॉस्ड द रोड टू द स्पोर्ट्स शॉप...''

''और फिर कभी मुड़कर नहीं गईं!'' चिंतन उसका कन्धा दबा देता। जिनि की मुस्कान बिलकुल गायब हो जाती। ''दैट्स टू...वो आख़िरी बार था जब मैं अग्यारी गई थी।'' चिंतन से शादी के बाद जिनि को पारसी मन्दिर में जाने और पूजा करने का अधिकार नहीं था, अपने पिता की मृत्यु पर भी नहीं। ''बट देयर्स ए सुप्रीम कोर्ट जजमेंट। कोर्ट ने कहा है, ग़ैर-पारसी आदमी से शादी करने के बाद भी आपको फ़ायर टेम्पल में जाने का अधिकार है।'' सुदीपा ने एक बार कहा था।

''अधिकार की नहीं, फ़ीलिंग की बात है। मैं ज़बरदस्ती चली जाऊँ तो क्या कम्युनिटी मुझे एक्सेप्ट कर लेगी?''

''चलो अच्छा ही है! वहाँ ऐसा होता भी क्या है? पाँच बूढ़े आदमी और पाँच बूढ़ी औरतें, फ़नी कपड़ों और फ़नी एक्सेंट में बिजली-पानी के बिल और धानसाक की बातें कर रहे होते हैं और पूजा-वूजा पर किसी का ध्यान नहीं

होता!'' जिनि चुप रहती लेकिन नीना आँटी से मिलने पर मुंबई के मौसम के बारे में पूछ लेती।

नीना आँटी उसे पूरे ब्योरे समेत अपनी पिछली मुंबई यात्रा के बारे में बताने लगीं, ''चौपाटी से झुग्गियों को हटा दिया गया है लेकिन विसर्जन के बाद वहाँ खंडित गणपतियों का ढेर लगा है। पारसी डेरी फिर से खुल गई है लेकिन मैंने इस बार वहाँ से पेड़े नहीं लिए। सुजैट के नए रेस्तराँ खुल गए, मैन्यू भी बदल गया है, रॉयल ऑपेरा हाउस बिलकुल नया हो गया है, दीवारों पर पेस्टल-पिंक और हरे रंगों के एम्बोस्ड फूल-हार और स्टेज पर एकदम नए क्रिमसन परदे...।'' जिनि ध्यान से सुनती रही।

''बंगलुरु से मुंबई दिन में पंद्रह फ़्लाइट्स हैं। इतना मन है तो जाकर देख आओ। गंदला अरेबियन सी, उसके ऊपर मैला आकाश और बीच में भीड़— बस यही है मुंबई में,'' चिन्तन बोला। जिनि चुप ही रही।

～

''ये बंद बहुत चल रहा है, गुलाबी और नीला, ये क्रिस्टल का है, सादे नगीने वाले भी हैं पर किरिस्टल ज़्यादा पहनते हैं लोग आजकल।'' हिना रंगी दाढ़ी वाले बुजुर्ग मनिहार ने चूड़ा चढ़ाने के लिए सुदीपा की कलाई थाम ली।

''मैं ख़ुद पहन लूँगी,'' सुदीपा बोली।

''आप तो पहन लेंगी, बीबी, लेकिन चूड़ा चटक गया तो? हाथ आपके हैं, लेकिन चूड़ा तो अभी मेरा ही है।''

नीना आँटी हँसीं, ''चचा, लाल-हरा ही पहनाइए, शादी के बाद पहली तीज है।''

''अल्लाह मुबारक करे, जोड़ी से तीज-त्यौहार मनाएँ।'' बूढ़े ने चूड़ीहारों के शगुन के मुताबिक सुदीपा के एक हाथ में बारह और एक हाथ में लाख की तेरह सुबक चूड़ियाँ पहना दीं। नीना आँटी ने पैसे दिए। ''आप भी पहनिए, ख़ातून। देखिए, कितना मीठा रंग है यह, आप पर सजेगा।''

''मुझे यह जंजाल लगती हैं। अच्छा एक कड़ा दे दीजिए।'' बूढ़ा दुकानदार दुकान के पीछे के हिस्से में लाख के कंगनों के डिब्बे निकालने लगा।

''नीना आँटी...''

''हाँ बच्चे?''

''आपके पास नानी वाले कड़े हैं अब भी?''

‘‘हाँ।’’

‘‘आप उन्हें पहनतीं नहीं ?’’

‘‘नहीं। तुम पहनोगी ? तुम्हें दूँ ?’’

सुदीपा ने हाथ और गर्दन दोनों हिलाए, ‘‘नहीं, नहीं...मैं नहीं...’’ दुकानदार को पैसे देकर वे गली में निकल आईं।

‘‘सब जाने कहाँ रह गए...’’ नीना आँटी ने गली में दोनों तरफ़ देखा, ‘‘चलो, तुम्हें पंडित की कुल्फ़ी खिलाएँ।’’

सुदीपा ने कुल्फ़ी से ठंडे-मीठे हुए होंठों पर जीभ फिराई, ‘‘जिनि को चिंतन भाई से शादी नहीं करनी चाहिए थी।’’ नीना आँटी ने सुदीपा की ओर देखा।‘‘अपने परिवार को कितना मिस करती है, कितना गिल्टी महसूस करती है कि उसने कम्युनिटी के बाहर शादी की। देयर्स नो हैप्पीनेस इन हर आईज़...’’

‘‘हैप्पीनेस बहुत उलझा हुआ मामला है जान, जैसे ही एक सिरा हाथ में आता है, दूसरा गुम।’’

सुदीपा ने गोल किए होंठों से कुल्फ़ी की चुस्की ली। ‘‘अँह, ख़ुशी कॉम्प्लिकेटेड कहाँ है ? एकदम सिम्पल है, जैसे...जैसे रची हुई मेहँदी का रंग देखा जा सकता है या इस कुल्फ़ी की मिठास का स्वाद लिया जा सकता है, वैसे ही ख़ुशी भी महसूस की जा सकती है, एकदम सीधे-सादे तरीक़े से।’’ दूकान में काम करने वाला लड़का अंदर से एक प्लास्टिक की कुर्सी ले आया और झाड़ कर नीना आँटी के पास रख दी। नीना आँटी बैठ गईं।

‘‘अच्छा तुम बता सकती हो कि तुम्हारी सुरंगी मेहँदी में ठीक किस क्षण रंग भरने की जगह उतरने लगता है ? या कब जीभ पर कुल्फ़ी का स्वाद है और कब वह स्वाद घुलकर मिट रहा है ?’’ सुदीपा ने उलझन भरी आँखें नीना आँटी की ओर उठाईं। उसकी कुल्फ़ी से दूध की बूँदें टपक रही थीं। ‘‘दरअसल हम यह जान नहीं पाते हैं कि कब वही जो ख़ुशी देता है, कोफ़्त पैदा करने लगता है या धीरे-धीरे खोने लगता है। जब तक हम समझ पाते हैं, तब तक पिछली ख़ुशी की स्मृति और उसके खोने का एहसास इस क़दर गड्डमड्डु हो जाते हैं कि अलग करना मुश्किल होता है। या यह भी हो सकता है कि ख़ुशी और उसका खोना शुरुआत से ही एक-दूसरे से गुँथे हों, मेहँदी के बेल-बूटे कहीं रच रहे हैं और कहीं फीके पड़ रहे हैं, कुल्फ़ी का स्वाद जीभ के एक हिस्से में बना हुआ

है और दूसरे से गायब हो चुका है।''

''यानी हम जानते ही नहीं कि हम कब वाक़ई ख़ुश हैं? ख़ुशी को बस एक याद की तरह ही अनुभव किया जा सकता है?''

नीना आँटी मुस्कुरा दीं। ''यह तुमको तय करना है, मैंने तो एक सुझाव दिया है।''

''लेकिन आप ख़ुद? आप जानती हैं कि आप ख़ुश हैं या नहीं हैं?''

''एक तीसरी स्थिति भी तो हो सकती है जहाँ सब घुला-मिला होता है।''

''ना,'' सुदीपा ने सिर नकार में हिलाया, ''यह नहीं हो सकता। ऐसा लगने का मतलब है ख़ुशी है नहीं, अपने से झूठ बोला जा रहा है।''

नीना आँटी ने अपना रुमाल सुदीपा की ओर बढ़ाया। ''मुँह पर दूध के दाग!'' सुदीपा ने होंठ-मुँह-ठोड़ी पोंछ डाली।''अगर तुम ख़ुशी और दु:ख के बारीक़ गुँथे रेशों को अलग देख पाती हो तो मेरी दुआ है कि तुम्हारी दृष्टि इतनी ही सुलफ़ बनी रहे, लेकिन अगर कभी रंग एक-दूसरे में मिलने लगें और उन्हें अलग-अलग न देख पाओ तब भी कोई बात नहीं। बस हिम्मत मत छोड़ना कि पहले जैसा साफ़ फिर देख पाओगी।''

सुदीपा ने अनसमझी आँखों से उन्हें देखा, ''मैं...।''

''आप लोग यहाँ कुल्फ़ी खा रहे हैं, वहाँ मम्मी और मीठी मौसी ने हमें मन्दिरों में घुमा-घुमा कर थका दिया...'' राधिका दीदी, तुहिना दीदी के पीछे-पीछे हाँफ़ते हुए ऊँचे फुटपाथ पर पैर जमा कर चढ़ीं। तुहिना दीदी ने सुदीपा के हाथ पकड़ लिए।''गॉश, लवली बैंगल्स! नीना आँटी हमारे चूड़े कहाँ हैं? आप सुदीपा के लिए पार्शल हैं!''

''चलो, पहना लाती हूँ।''

''चलने को मत कहिए, चल-चल कर हालत पस्त हो गई है...'' राधिका दीदी प्लास्टिक की कुर्सी में धम्म से बैठ गईं।''और जिस काम से बाज़ार आये, वह भी नहीं हुआ।''

''आम्रपाली के लिए लहँगा नहीं मिला?''

''कहाँ? बस समय बर्बाद किया और पैर दुखाये।''

''समय और पैरों के लिए तो मैं फ़िलहाल कुछ नहीं कर सकती, लेकिन लहँगे की समस्या सुलझाना मुश्किल नहीं, कटरे में सिलवा लेते हैं।

दो दिनों में सिल जाएगा।''

राधिका दीदी हुलस उठीं।''कटरे का ध्यान नहीं आया! कितने लहँगे वहाँ सिलवाए हैं! वहाँ तो सुंदर काम वाले कपड़े मिल जायेंगे।''

''अपने लिए भी एक सिलवा लो, राधिका दी,'' तुहिना दीदी ने कहा। ''मनु जीजा जी के टाइम तो कुछ हो ही नहीं पाया था ना, न लहँगा, न चूड़ा।''

राधिका दीदी चुपचाप कुर्सी से उठीं, ''चलें?''

आकाश में बादल नहीं थे, लेकिन हवामहल के गुलाबी झरोखों पर साँवली छायाएँ थीं। सुदीपा ने कुल्फ़ी का तिनका फेंक दिया और नीना आँटी के रूमाल से हाथ पोंछे। वह रूमाल उसी के पास रह गया था और पुणे वापसी पर धोने के कपड़ों के साथ निकला था।

13

हर ख़ास मौके पर लहँगा-ओढ़नी बनवाना-पहनना परिवार में रिवाज-सा था। दिवाली के अगले दिन सब लहँगा-ओढ़नी में सजे-धजे बँगले पर इकट्ठा होते, यानी नीना आँटी के अलावा सब। ''नीना की हमेशा अपनी अलग धज,'' कोई-न- कोई टोक ही देता, ''अरे आज के एक दिन तो बेस पहन लिया कर। तेरे पास तो माँ का बनाया बेस है...'' नीना आँटी मुस्कुरा देतीं। बचपन की अनगिनत तस्वीरों में सुदीपा भी, कुर्ती-कांचली पहने, टख़नों तक लटकता लहँगा दोनों हाथों से सँभाले, सर पर हेयरपिन से सधी ओढ़नी में से झाँकती नज़र आती है। उसे ओढ़नी-लहँगे के पेंच में उलझते पाँव और दौड़ने-खेलने पर निषेध याद हैं और ''बैरो छाने-माने बैठे हैं'' वाली तारीफ़ें भी। मौसियों और माँ के बहुत कहने-सुनने पर भी सुदीपा ने अपनी शादी में लहँगा नहीं पहना। ख़ुद ख़रीदी गहरे लाल रंग की बनारसी साड़ी पहनी थी। ''परिवार की अकेली लड़की है जो वरमाला में साड़ी लटकाये जाएगी,'' मम्मी ने कहा था। सुदीपा की साड़ी में पिन लगातीं रीना ने पटलियाँ हमवार करने के लिए हल्के हाथ से खींची थीं। ''जिनि ने भी शादी में साड़ी ही पहनी थी। देखिए, साड़ी में क्या सज रही है सुदीपा!'' मम्मी के होंठ कस गए थे। ''जिनि पारसी है, उनके रिवाज हमसे अलग हैं और लहँगे का ग्रेस अलग होता है।'' सरला मौसी

ने गहरी साँस ली थी, ''मधु, बच्चों को आजकल कुछ कहना इज़्ज़त खोना है, चलो, वर-आरती की थाली लगाओ।''

~

नानी का बनाया लहँगा-चुन्नी और नानी के हाथों के कंगन, दोनों का उलाहना नीना आँटी को अक्सर मिलता। नानी का सूतक ख़त्म होने के बाद उनका सब सामान नाना ने बेटियों और बहुओं में बाँट दिया था—साड़ियाँ, जेवर, चाँदी का वैनिटी सेट, देश-विदेश के परफ़्यूम, ज़री की दर्जनों जूतियाँ, हाथ के काढ़े शॉल, ओढ़नी, पलंगपोश, रंग-बिरंगी लेस के झब्बे। नीना आँटी ने कुछ भी लेने से मना कर दिया था। ''माँ मुझे बहुत कुछ देकर गईं, मुझे कुछ नहीं चाहिए।'' नाना के ज़ोर देने पर उन्होंने नानी का बनाया एक लहँगा-ओढ़नी लिया था। ''संदली रंग पर आरी-तारी का काम, कसूमल ओढ़ने पर बेल और गोटा-पट्टी भी माँ ने हाथ से किये थे। जाने कहाँ धूल खा रहे होंगे नीना के पास...'' माँ साल में दो बार कपड़ों को धूप दिखाते समय नानी के लहँगे-ओढ़नी का अफ़सोस मना लेतीं।

''आपके पास नानी की इतनी ज्यूलरी, पहुँचियाँ, तिमणियाँ और जाने क्या-क्या हैं, नीना आँटी ने नानी का एक बेस ही लिया और सबको उस पर शिकायत है।''

''लेकर पहनती तो कोई बात नहीं थी, बस ले लिया और जाने कहाँ खपा दिया। माँ अपने काढ़े-सिले सामान में, बनाई-बरती चीज़ों में ही तो रह गई हैं...उन्हें लेकर कहीं धर देना और कभी याद ही न करना...माँ के लिए कोई बहुत हेत नहीं था नीना का, सूतक ख़त्म होने के दो दिनों के अंदर बँगले से चल दी। माँ के लड्डू गोपाल मुझे लाने पड़े, पंच भोग और दूध बताशा सेवा का नियम रखना भाभियों के बस का कहाँ...''

~

घर-गृहस्थी वाली न होने के बावजूद, नानी की मृत्यु के बाद नीना आँटी ने बँगले में रहना स्वीकार नहीं किया। ''साफ़ कह दिया—घर भाभियों का है, मुझे अपनी जगह की आदत हो गई है। हम इतने सालों में कभी ऐसे नहीं बोले भाभियों के मुँह पर। डैडी के सामने जाकर खड़ी हो गई, बोली, 'माँ शांत मन से गई क्योंकि उन्हें मेरा भरोसा है, मेरे साथ चलिए।' डैडी हक्का-बक्का। पहली बार बड़े भाई को इतना गुस्से में देखा मैंने। बात ही ऐसी की नीना ने, कोई भी

भड़क जाये। भाई एकदम से चिल्लाने लगे, 'किसी का कोई लिहाज़ नहीं, डैडी का ध्यान हम नहीं रखेंगे क्या। न शऊर, न शर्म... ।' डैडी ने ही बात सँभाली उस समय। माँ के जाने के बाद वज़न कम हो गया था उनका, लेकिन आवाज़ में वैसी की वैसी कड़क। बोले, 'बरख़ुरदार आप जामे में रहिए, अभी तक अपना ही नहीं आपका वज़न भी उठा रहा हूँ, अभी आपकी ख़िदमतों की ज़रूरत नहीं है मुझे'... । बेचारे भाई...''

नीना आँटी सबके समझाने के बाद भी बँगले पर रुकी नहीं, यूनिवर्सिटी के नज़दीक वाले अपने मकान में वापस चली गईं। ऊपर-ऊपर से सब पहले-सा ही चलता रहा। बँगले पर परिवार और मिलने-जुलने वाले बने रहते, नाना के दफ़्तर में क्लाइंट्स की भीड़ भी भरी रहती। नाना की चुस्ती और गुस्सा भी वैसे-के-वैसे लेकिन एक क्रम बदल गया। कोर्ट के बाद दफ़्तर लौटने के बजाय नाना शाम की चाय के लिए नीना आँटी के घर जाने लगे, ठीक पाँच बजे अपनी चाय-पत्ती, थर्मस में दूध और अरारोट बिस्कुट के पैकेट समेत। बेटी के घर पानी न पीने का नियम उन्होंने तोड़ दिया लेकिन। नीना आँटी लन्दन से साथ लाई केतली में उनकी चाय के लिए उबलता पानी तैयार रखतीं। नाना सोफ़े पर आराम से बैठ जाते और नीना आँटी क़रीने से सजी ट्रे में उन्हें चाय का प्याला बना कर देतीं और विदेशी जर्नलों में छपी साहित्य की नवीनतम चर्चाओं, अमरूद के पेड़ पर लगे कीड़ों, बाग़ की घास में उग आये खूबसूरत नीले फूलों वाले जंगली पौधे और यूनिवर्सिटी की गूढ़ राजनीति के ताज़ा-तरीन पेंचों के बारे में बतातीं। अपने बच्चों से नपा-तुला बोलने का पुराना नियम तोड़कर नाना भी तरह-तरह के क़िस्से उन्हें सुनाते। वे क़िस्से बाद में नाना की दूसरी कीर्ति-कथाओं के साथ सुनाए जाने लगे कि कैसे एक बार नाना को शहर से दूर, सुनसान सड़क पर गाड़ी को धक्का लगाते महाराज कुमार मिल गए थे। उनकी गाड़ी ख़राब हो गई थी और नाना ने उनको अपनी गाड़ी में बैठाकर सवाई माधोपुर तक छोड़ा था। एक दिन एक वर्दीधारी चोबदार नाना के कचहरी वाले दफ़्तर में एक ख़रीता लेकर आया था। खोलने पर पता चला कि महाराज कुमार की शिकारगाह का आमंत्रण है। ''और मामूली न्यौता नहीं, जब मन चाहे आने और जब तक जी चाहे रहने का न्यौता,'' क़िस्सा सुनाने वाले जोड़ते, ''डैडी ने ऑफ़िस में फ़्रेम करके लटकवा दिया था। आने-जाने वाले पूछते तो कहते— राजा का एक दिन का सारथी होने का मेहनताना है!'' बचपन में शहर वाले

पुराने घर में सबसे छुपाकर कबूतर पालने और बाज़ार के पेशेवर कबूतरबाज़ों से मुक़ाबला करने वाली कहानी नाना ने सबसे पहले नीना आँटी को ही सुनाई थी। जब बिल्ली यत्न से पाले कबूतर चट कर गई तो नाना सालों घर की छत पर नहीं गए थे। पहली बार नीना आँटी के ज़रिये ही पूरे परिवार ने जाना कि नाना ठुमरी ख़याल के शौकीन हैं और शादी के बाद जब नानी विदा होकर नाना के साथ आई थीं तो ''जलां सैंण रा'' गीत गाने वाली ढोलण के बेसुरे सुर को नाना ने ही सुधारा था।''डैडी ने कभी कहा नहीं कि संगीत पसंद है...मैं घर में ही सीखती थी, सुबह रियाज करती थी...कभी आकर नहीं बैठे सुनने लेकिन नीना को कहा—मधु की शादी के बाद सुबह प्रभाती के बिना रूखी-सूखी हो गई...'' मम्मी ने नाना के श्राद्ध पर दान के सामान में अल्ला जिलाई बाई की गायी मांड को सी.डी. रखते हुए बताया था। ''बाद के दिनों में नीना के यहाँ सारा-सारा दिन संगीत सुनते रहते थे, कचहरी-दफ़्तर दिन में बस दो घंटों के लिए जाते थे, बाकी सारा वक़्त नीना के यहाँ। घर-ख़रीद वाला वितंडा हो चुका था तब तक। बड़े भाई-भाभी को बहुत बुरा लगा था। छोटे भाई-भाभी तब दिल्ली में रहते थे लेकिन अच्छा उन्हें भी नहीं लगा था।''

घर वाले मामले के कारण बड़े मामा-मामी और नीना आँटी के बीच हमेशा का खिंचाव घर कर गया, लेकिन नीना आँटी की ओर से नहीं। ''उसकी ओर से क्यों होगा?'' मम्मी तल्ख़ मुँह बनातीं। ''बड़े भाई के साथ अच्छा सुलूक़ नहीं हुआ तो उन्हें बुरा लगना जायज़ है। घर ख़रीद लिया गया और किसी ने भाई को बताया भी नहीं, डैडी के बाद बड़े भाई की जगह थी परिवार में। ऐसे दर-किनार किया उन्हें कि बस...और इसमें डैडी का दोष नहीं था, माँ के जाने के बाद छीज गए थे वो। नीना के ही सोचने की बात थी कि भाई को पूछ-बता कर थोड़ा मान देती...''

घर ख़रीदे जाने के बारे में शायद कुछ और साल किसी को पता नहीं चलता, अगर नीना आँटी के शुभचिंतक उन्हें लेकर फिर से चिंतित न रहने लगे होते। उस बदक़िस्मत रिसर्च स्कॉलर के जाने के बाद नीना आँटी के घर के पिछले हिस्से में कॉलेज-यूनिवर्सिटी में पढ़ने वालों की छोटी-सी कॉलोनी आबाद हो गई थी। गरीब या घर-छोड़-ज़िद्दी या अनाथ-अकेले विद्यार्थी जाने कौन-सा तंतु थामे, टोह-टाह कर उनके घर चले आते, घर के पिछले हिस्से के

दो-तीन कमरों में टिक जाते और छुट-पुट नौकरियों के साथ-साथ पढ़ाई करते। विद्यार्थियों का यह दल घर के छोटे-बड़े काम कर देता—नीना आँटी के बाग़ से खर-पतवार खोद देता, क्यारियाँ संवार देता, उनकी रसोई के लिए सब्ज़ी-भाजी ले आता, बिल्ले की बदतमीज़ियाँ बर्दाश्त कर लेता। जब कोई नया ज़रूरतमंद आता तो उनमें से कोई एक, बिना किसी के कहे, नया ठिकाना ढूँढ चला जाता।

हालाँकि ये आते-जाते बंजारा विद्यार्थी बाग़-बगीचे में नीना आँटी के साथ चाय पीते या गाड़ी में यूनिवर्सिटी जाते नहीं देखे गए, लेकिन रिश्तेदारों और शुभचिंतकों में सुगबुगाहट शुरू हो गई। घर में जवान लड़कों के भरे रहने और नीना आँटी के अकेले रहने पर सिर हिला-हिला कर चिंता जताई गई। नानी तब रही नहीं थीं और नाना से कुछ कहने की अब भी किसी में हिम्मत नहीं थी, सो बड़े मामा इन चिंताओं और आशंकाओं का जमाखाना बन गए। सारा जीवन नाना के घर में रहने और नाना के दफ़्तर में उनकी तेज़ निगाह और उससे भी तेज़ ज़ुबान के नीचे काम करने वाले मामा बहुत समय तक असमंजस में पड़े रहे। सरला मौसी ने उन्हें कुछ न कहने की सलाह दी, 'नीना को कुछ कहना चिकने घड़े पर पानी डालना है भाई, और डैडी अभी माँ के दु:ख से कहाँ उबरे हैं...'

लेकिन बड़े मामा को नानी के जाने के बाद नाना की खनकदार आवाज़ और नश्तर जैसे व्यंग्यों में कोई कमी नहीं लगी थी। फिर चिंता का विषय यह भी था कि नाना ज़्यादा समय नीना आँटी के यहाँ बिताने लगे थे। शाम को दफ़्तर में आना करीब-करीब बंद कर दिया था। क्लाइंट्स नाना के नाम से ही आते थे, उनकी दफ़्तर में गैर-हाज़िरी मुवक्किलों ने लक्षित की थी। ''क्या बड़े वक़ील साहब रिटायर होने की सोच रहे हैं? हमारा मामला बड़े वक़ील साहब ने हाथ में लिया था, उनके बिना उम्मीद कम है...और भी जाने क्या-क्या कहते थे। लोगों को बस अपने काम से मतलब। बेचारे बड़े भाई को बुरा लगे या भला, इसकी कहाँ परवाह। उन दिनों बड़े भाई का कॉन्फ़िडेंस एकदम डिग गया था। कितनी बार मुझे कहते थे, 'मधु, मैं किसी लायक ही नहीं, सब कुछ बस डैडी'...'' मम्मी गहरी साँस लेतीं, ''डैडी का व्यक्तित्व ही ऐसा था, उनके सामने सभी हल्के लगते थे।'' आख़िर बड़े मामा ने हिम्मत को दोनों हाथों से कसकर पकड़ नाना से बात करने का निश्चय किया। ''भाभी ने धुर पर धरा था उन्हें कि जाओ,

कुछ कहो, प्रैक्टिस पर ध्यान नहीं देंगे तो जमा-जमाया काम बिगड़ जायेगा, जगजीत भाई-सा का तो अपना काम है, तुमने इस प्रैक्टिस में ज़िन्दगी खपाई है...और भी न जाने क्या-क्या...बेचारे बड़े भाई...'' बड़े मामा ने बात नीना आँटी के घर में जवान स्टूडेंट्स के जमघट से शुरू की। ''पहले वह नीच जाति वाला था, अब जाने कौन-कौन हैं। शहर में लोग बातें कर रहे हैं। ख़ैर, लोगों के कहने से फ़र्क नहीं पड़ता लेकिन नीना के पिछले किस्से... । माने ऐसी बातें लोग भूलते नहीं हैं...'' नाना चुपचाप सुनते रहे। बड़े मामा की हिम्मत थोड़ी और बढ़ी। ''आप वहाँ आते-जाते हैं, मुझे आपकी प्रेस्टीज की चिंता है।''

''मेरी प्रेस्टीज की क्यों?'' नाना ने गंभीरता से पूछा। ''मैं बँगले पर ही थी उस दिन, मैंने सब देखा-सुना था,'' थाल में घेवर सजाती मीठी मौसी कहतीं, ''बड़े भाई सकपका गए थे। कहने लगे कि मान लीजिए कल को मकान मालिक ही नालिश कर दे कि मैंने रहने के लिए घर किराये पर दिया था, उसमें हॉस्टल खोलने के लिए नहीं तो नाम आपका खराब होगा। डैडी बोले कि अगर फ़िक्र मकान मालिक के नोटिस की है तो उसे दिल से निकाल लो बरख़ुरदार। मकान मालिक कोई नोटिस नहीं भेजेगी। मैंने वह मकान ख़रीद लिया है और नीना के नाम पर कर दिया है। बेचारे बड़े भाई को सूझा ही नहीं कि क्या कहें।''

मम्मी के चेहरे पर करुणा की रेखाएँ खिंच जातीं। ''मैं मान ही नहीं सकती कि बिना नीना के कहे-सुने डैडी अचानक बिना किसी को बताये घर ख़रीद डालें।''

''हो सकता है कि उनके मन में गिल्ट रहा हो कि मुश्किल समय में उन्होंने नीना आँटी को परिवार से अलग कर दिया था? उन्हें कितना कुछ अकेले फ़ेस करना पड़ा और फिर भी उन्होंने ही बाद में नाना को सँभाला,'' सुदीपा या निशिता कहते।

''उसने क्या सँभाला? डैडी ही उसके घर रहने लगे। बड़े भाई की कितनी फ़जीहत हुई इस कारण...सब घुमा-फिरा कर पूछते कि डैडी क्यों नीना के यहाँ चले गए, बेचारे का मुँह इतना-सा हो जाता...''

''कोई तो कारण होगा ही कि नाना बँगला छोड़कर नीना आँटी के यहाँ रहने लगे?''

''क्या कारण होगा?'' मीठी मौसी क्रोशिए का बना थालपोश सलवटें

निकालने के लिए झटकतीं, ''तुम लोग सब उसके हिमायती हो, इसका ही क्या कारण है ? वैसे कहने को उसके घर के ताले टूटना कारण था।''

14

घर के ताले वास्तव में टूटे नहीं थे, लेकिन कुछ तो हुआ था, कुछ अबूझ, रहस्यमय। नीना आँटी के घर के दरवाज़े हर रात ढंग से बंद किये जाते, भीतर से ताला लगाया जाता, लेकिन बीच रात में वे ख़ुद-ब-ख़ुद खुल जाते। और ऐसा एक बार नहीं लगातार, कई दिनों तक होता रहा। अगर मम्मी या बच्चू मौसी ये बात बता रही होतीं, तो कहतीं, ''एकाध बार हुआ। घर में जाने किन-किन को बसा रखा था। लड़कों वाली शरारत थी, नीना के यहाँ हुई, सो बढ़ा-चढ़ा कर कही गई।'' और सरला मौसी सुना रही होतीं तो आँखें विस्फारित कर, दोनों हाथ उठा कर कहतीं, ''लगातार चालीस दिनों तक। न कोई आये, न जाये, गेट पर गार्ड तैनात करवा दिए थे डैडी ने, लेकिन फिर भी...देखो कैसे रोएँ खड़े हो गए हैं मेरे...मुझे तो कहते हुए अब भी धुकधुकी होती है...''

रोएँ खड़े कराने वाली इस घटना से पहले एक और बड़ी घटना घटी थी—नीना आँटी के प्रोफ़ेसर नहीं रहे थे। इतने सालों और इतने उतार-चढ़ाव के बाद नीना आँटी के प्रोफ़ेसर से सम्बन्ध वाली चर्चा तब तक पुरानी पड़ चुकी थी। प्रोफ़ेसर का सितारा बुलंद था, वे विभाग के अध्यक्ष और फिर डीन बना दिए गए थे। कई यूनिवर्सिटीज़ और कॉलेजेस में सेलेक्शन कमेटी के सदस्य थे। नीना आँटी ने भी अपनी जगह बनाई थी, भले वह शुरुआती तीखी अंतर्दृष्टि और नयापन न रहा हो, लेकिन बेबाक़ी से अपनी बात कहने और मठाधीशों का रौब न मानने के कारण उनका नाम था। परिवार में दोबारा जुड़ जाने से भी अपवादियों का मुँह छोटा हुआ था। जब प्रोफ़ेसर का जवान बेटा लड़ झगड़ कर पिता को कोसता, हमेशा के लिए घर छोड़ गया तब इस शांत जल में कंकड़ गिरा और फिर एक बार बात फैली कि बाप-बेटे के झगड़े का कारण नीना आँटी हैं। शहर के कुछ चौकस लोगों ने कहा कि प्रोफ़ेसर का लड़का, नीना आँटी के घर आता-जाता था, ये बात प्रोफ़ेसर को नागवार थी। कुछ दूसरे मुस्तैद लोगों ने कहा कि बात एकदम उल्टी थी—बेटे को पिता की रंगीनी बर्दाश्त नहीं थी,

तीसरे सतर्क लोगों ने धीरे-धीरे सिर हिला कर जताया कि बात इससे ज़्यादा उलझी हुई थी, माने दोनों ही, आप समझे? वग़ैरा-वग़ैरा।

''छोटे शहरों में ये बहुत है, बेबात की बात फैलाना। अपना कुछ करने को नहीं, दूसरों के झूठ-मूठ के छेद काढ़ कर कहना कि देखो, फटा है...'' राधिका दीदी ने तीखी आवाज़ में सरला मौसी की बात काट दी थी।

''छोटे-बड़े शहरों का फ़र्क तुम मुंबई-दिल्ली वाले जानो, लेकिन सब जानते हैं कि प्रोफ़ेसर का बेटा वक़्त-बेवक़्त नीना के घर आता था। और बेटे के जाने के बाद से प्रोफ़ेसर की पत्नी ने नीना की ओर से अपना हाथ बिलकुल खींच लिया था। नीना का प्रोफ़ेसर से रब्त-ज़ब्त भी कुछ कम हुआ था, पहले की तरह आना-जाना नहीं रहा था।''

''यानी साँझ ढले, गुलमोहर फूले वाली पोएटिक वॉक्स बंद हो गई थीं?'' सुदीपा ने हँसते-हँसते मीठी मौसी की ओर देखा था।

''लाडो, उन फूले गुलमोहरों के नीचे प्रोफ़ेसर जीवन की सबसे पोएटिक वॉक पर अकेले ही निकल गए थे।''

राधिका दीदी ने भँवें उठाई थीं, ''मतलब?''

''मतलब एक दिन वहीं अनकॉन्शस पड़े मिले थे, गुलमोहर के पेड़ों के नीचे। अचानक से साँस बंद।''

''अर्थी के साथ भले ही आधा शहर गया हो, लेकिन प्राण-पखेरू उड़ते समय एकदम अकेला...कोई छाती पर हाथ रख कर तसल्ली देने वाला भी नहीं...'' सरला मौसी ने सिर हिलाया था।

''गॉड...'' राधिका दीदी ने धीमे स्वर में कहा था।

~

प्रोफ़ेसर का अपने बेटे से संबंध-विच्छेद और नीना आँटी के साथ मेल-जोल शिथिल होने का आपस में कोई सम्बन्ध था या नहीं यह कौन कह सकता है? लेकिन इसमें कोई शक नहीं कि उन दिनों प्रोफ़ेसर कभी-कभी अकेले ही टहलने निकल जाते थे और यह भी सच है कि नानी की मृत्यु के बाद नीना आँटी की दिनचर्या बदल गई थी। शाम को नाना के चाय पर आने के कारण उनका बाहर आना-जाना कम हुआ था। ऐसे में अगर प्रोफ़ेसर के साथ साँझ की चहलकदमी बंद हो गई हो तो क्या अचरज? हो सकता है कि उस नियति-

निश्चित दिन वे टहलने निकले हों और उतरते भादो की तीखी धूप से बचने पेड़ों-तले छाया में ठहर गए हों या फिर फूली संझा के रंगों को सराहने रुक गए हों या शायद मृत्यु की ख़ुमारी से ही सिर चकराया हो और उन्होंने पेड़ का सहारा लिया हो। उस शाम उन्हें यूनिवर्सिटी में काम करने वाले एक क्लर्क ने गुलमोहर के नीचे तने से टिककर अकेले खड़े देखा था। एक तो प्रोफ़ेसर और फिर कवि, जो न करें सो थोड़ा, यह सोचकर क्लर्क ने कुछ कहना-पूछना ठीक नहीं समझा था। बाद में पुलिस जाँच के समय उसने कहा था कि पेड़-तले आग की लपटों-सी सिन्दूरी रौशनी थी और प्रोफ़ेसर कुछ मंत्र-सा बुदबुदा रहे थे। लेकिन यह बाद की बात है, तब की जब तरह-तरह की अफ़वाहें फैल रही थीं और सबकी कल्पना तीज के झूलों से ऊँची पींगें भर रही थी। तयशुदा बस इतना है कि जब अँधेरा पड़ गया और प्रोफ़ेसर घर नहीं लौटे तो उन्हें ढूँढने के लिए उनकी पत्नी ने बँगले के माली को भेजा और जब वह भी न लौटा तो बेटे को फ़ोन लगाया। बेटा कुछ दिनों पहले ही शहर में लौटा था। सरकारी नौकरी लग गई थी और गवर्नमेंट हॉस्टल में रह रहा था। माँ की चिंतित आवाज़ सुन तुरंत एक दोस्त को साथ लेकर पिता को खोजने निकल पड़ा। खोजने में समय भी नहीं लगा, यूनिवर्सिटी से कुछ ही दूर उसे गुलमोहर की छिछली जड़ों पर आधे बैठे, आधे ढुलके, गुलमोहर फूलों की लाल-सिंदूरी पंखुड़ियों से ढँके प्रोफ़ेसर मिले। उन्हें मरे कुछ घंटे हो चुके थे। शरीर ठंडा और कड़ा पड़ने लगा था। प्रोफ़ेसर की लाश के पास ही बेहोश पड़ा माली भी मिला। उसे पानी डालकर होश में लाया गया और होश में आते ही वह चीखने-पुकारने लगा। उस समय उसके बर्ताव पर किसी को अचरज नहीं हुआ, साँझ ढले नीम-अँधेरे में अचानक प्रोफ़ेसर का मृत शरीर देखकर उस अनपढ़ अंधविश्वासी आदमी का डर से विक्षिप्त हो जाना किसी को अस्वाभाविक नहीं लगा। लेकिन बाद में इसी माली के दहशत-ज़दा पागलपन से अफ़वाहों के घुमेरे उठे।

“जयपुर में अफ़वाहें हवा में रेत के कणों की तरह घुल जाती हैं, दिखें भले ही न आँखों में करकती हैं...” नीना आँटी ने एक बार सुदीपा को कहा था। उसकी शादी के शुरुआती दिन थे और नाना की बरसी पर वह अकेले ही आई थी। “अगली बार बिना समर के मत आना। अगर समर न आ सके, तो तुम भी रहने देना।” मम्मी ने ब्रह्म भोज के बाद नाना के कमरे में उनकी बड़ी

तस्वीर के सामने प्रसाद की थाली रखते हुए कहा था। सुदीपा रुआँसी हो गई थी। ''मतलब मैं कुछ नहीं?''

''तुम जानती हो ऐसा नहीं है,'' मम्मी ने अगरबत्तियों का गुच्छा जलाकर चाँदी के एक अगरबत्तीदान में खोंस दिया था। ''मगर ऐसे मौकों पर सब जुटते हैं। शादी हुए छह महीने भी नहीं हुए और तुम अकेली आई। तुम्हें अकेला आया देखकर कानाफूसी हो रही है...''

''तो कानाफूसी न हो इसलिए समर को ट्रेनिंग बीच में छोड़कर लंदन से जयपुर आना चाहिए था?''

''दीपू, हर बात में अड़ना ज़रूरी है? तुम्हारे डैडी शुरू से महीनों कलकत्ता रहते थे काम पर। वैसे भले मैं बँगले में आती-जाती रहती थी, लेकिन तीज-त्यौहार, श्राद्ध-बरसी पर अगर वो नहीं होते तो मैं भी नहीं जाती थी। अवसर और मर्यादा दोनों का ख़याल रखना होता है।''

''सब कुछ का ख़याल मुझे ही रखना है, मेरा ख़याल किसी को नहीं... '' सुदीपा तेज़ी से मुड़ी थी और नीना ऑंटी से टकरा गई थी। ''असल में सारी परेशानी ख़याल की ही है।'' उन्होंने सुदीपा को कन्धों से थाम कर गिरने से बचा लिया था। ''यहाँ सबको हर वक्त, हर किसी का ख़याल है।''

प्रोफ़ेसर की मृत्यु के बाद अफ़वाहों के रेत-कण छोटी-मोटी आँधी में बदल गए थे। इसका कारण थी उनकी वसीयत। अचानक पड़े दु:ख के उस विदारक समय में नीना ऑंटी ने प्रोफ़ेसर की पत्नी का बड़ा साथ दिया था। अपने पति की लाश देखकर जब वे सुन्न पड़ गई थीं और घबराए बेटे की बाँहों से फिसल कर गिर पड़ी थीं, तभी एक विचित्र संयोग से नीना ऑंटी प्रोफ़ेसर के घर जा पहुँची थीं और प्रोफ़ेसर की पत्नी की सेवा-सँभाल में जुट गई थीं। बाद में उनका इस तरह अचानक प्रोफ़ेसर के बँगले पर पहुँचा जाना भी संशय के घेरे में आया था। ''लोग कहने लगे, 'जाने क्या जादू-टोना-माया है कि डॉक्टर से भी पहले पहुँच गई, नंगे पैर, बाल खुले, जैसे उसे पता हो प्रोफ़ेसर साहब नहीं रहे।' क्लर्क ने भी कहा कि प्रोफ़ेसर पेड़-तले कुछ मन्त्र-सा फूँक रहे थे...। दस तरह की बातें होने लगी थीं उन दिनों।'' मीठी मौसी ने घेवर के थाल को थालपोश से ढँक दिया था।

''ये बातें वसीयत पढ़े जाने से पहले हुई थीं या उसके बाद?''

‘‘भई, मुझसे वक़ील की तरह जिरह करोगी तो जो याद है वह भी भूल जाऊँगी। क्या पता वसीयत पढ़े जाने से पहले क्या बातें हो रही थीं और बाद में क्या। इतना ध्यान किसे रहता है ? लेकिन तेरहवीं तक नीना वहीं बनी रही थी। तेरहवीं के सारे कर्म-काण्ड पूरे होने के बाद प्रोफ़ेसर का एक वक़ील मित्र उनकी वसीयत लेकर घर आया था। पता चला कि प्रोफ़ेसर ने कुछ सालों पहले वसीयत लिखवाई थी और उस दोस्त के पास रख छोड़ी थी। जब वसीयत में पहाड़ वाला बँगला नीना के नाम निकला तब सब सन्नाटे में आ गए। सब जानते थे कि साल भर में रिटायर होने के बाद प्रोफ़ेसर वहाँ जाकर रहने, लिखने-पढ़ने की योजना बना रहे थे और वही घर नीना के नाम कर गए! लोग कैसे बातें नहीं करते ?’’

वसीयत पढ़े जाने के समय प्रोफ़ेसर की पत्नी अपने पति की तस्वीर के सामने धरती पर बैठी थीं। नीना आँटी भी उन्हीं के पास बैठी थीं। किताबों, शेयरों, बैंक अकाउंट, चल-अचल सम्पत्ति के ब्यौरों और सभी अधिकार प्रोफ़ेसर की पत्नी को देने की बाबत बताने के बाद वक़ील ने कहा कि वसीयत की एक कोडिसिल है, जिसके मुताबिक़ नीना आँटी को एक उत्तरदान दिया गया है। ‘‘पश्चिमी घाट की सुरम्य ऊँचाइयों में बना मेरा बँगला मेरी सबसे प्रिय शिष्या नीना को देता हूँ,’’ उसने पढ़ा। ‘‘जिसके साथ मैंने शब्दों, अर्थों की अनगिन यात्राएँ तय कीं और यदि पुनर्जन्म कीं अफ़वाहों में कुछ भी सच्चाई है तो आगे भी करूँगा। वह बँगला उसकी निजी संपत्ति होगा, रहने तथा अन्य समस्त प्रकार के उपयोगों और उपभोग के लिए... ।’’ प्रोफ़ेसर की पत्नी ने अँगुलियों से दबा कर प्रोफ़ेसर की तस्वीर के सामने जलते दीपक को बुझा दिया और उठ कर घर के भीतर चली गईं। वसीयत की कॉपी नीना आँटी के घर पर एक लकड़ी के पिक्चर फ्रेम में मढ़ी सुदीपा ने देखी है। ‘‘बेचारी औरत बहुत भली थी कि कुछ वितंडा नहीं किया। बस चुपचाप शहर छोड़कर अलवर चली गई। उसका कोई भाई-वाई रहता था वहाँ और नीना अब तक ठाठ से उसी बँगले में रह रही है...’’ मीठी मौसी थाल लेकर उठ गईं। ‘‘गीत गाने औरतें आ गई हैं। चलो।’’

प्रोफ़ेसर की तेरहवीं के बाद से ताले खुलने की घटनाएँ शुरू हुई थीं। लगातार हफ़्तों नीना आँटी के घर के बंद ताले खुल जाते और घर के खिड़की-दरवाज़ों से धूल, आवारा कुत्ते और मज़बूत-दिल गौरैया भीतर हेल आते। ‘‘सब

हैरान-परेशान। कितनी बार ताले बदले गए, ओझा-वोझा भी बुलाए गए लेकिन नतीजा कुछ नहीं। नीना हमेशा की ज़िद्दन, घर छोड़ने के लिए तैयार नहीं हुई तो डैडी ही उसके घर आ गए। और तुम लोग मानोगे नहीं, डैडी के शिफ़्ट होते ही ताले-वाले खुलना बंद। भूत-प्रेत भी डैडी की पर्सनैलिटी के सामने टिक नहीं पाए,'' गाने वालियों के जाने के बाद सुदीपा के पूछने पर सरला मौसी ने कहा था।

''जाने भूत थे कि स्वांग। नीना को सुई भी गड़ती है तो भाला बना देती है,'' मम्मी बोलीं।''ऐसा नहीं, मधु, तुम यहाँ कहाँ थीं? तुम लोग तो कलकत्ता थे तब। पूरे शहर के लोग नीना के घर भूत-प्रेत का प्रकोप होने की बात कर रहे थे। घर में पुलिस, लेकिन बीच रात खिड़की-दरवाज़े खुल जाएँ, नौकर-चाकर घर में रहने से कतराएँ। और तो और चोर-उचक्के तक खुले दरवाज़ों से भीतर नहीं घुसें, ऐसा भय फैला। नीना का ही हिवड़ा था कि घर में जमी रही। उसे कितना-कितना समझाया सबने मगर टस-से-मस नहीं हुई। बोली, जीते आदमी का जब मुझे डर नहीं तो मरे का क्यों हो? उन दिनों तेज से झलमल करता था उसका चेहरा, निगाह नहीं टिकती थी।''

उन्हीं दिनों प्रोफ़ेसर के माली को अस्पताल से छुट्टी मिली थी। डॉक्टरों ने कहा था कि वह ठीक हो गया है और उसके प्रलाप अंधविश्वास और कल्पनाओं का मिश्रण हैं।''डॉक्टर तो ऐसा कहते ही। ग़रीब आदमी महीना भर हॉस्पिटल में एक बेड रोके रहे, इसकी कहाँ समाई किसी में।'' मीठी मौसी ने चूड़ी-पायलों के डिब्बे गिनते हुए कहा था, ''उसकी आँय-बाँय से जो बात बिगड़ी तो आख़िर डैडी को ही बँगला छोड़कर नीना के यहाँ जाना पड़ा। छह डिब्बे बच गए हैं। मन्दिर में भिजवाएँ? देने कौन जाएगा?''

''अरे, मौसी, भूत-गाथा के बीच में ये डिब्बे कहाँ से आ गए? फिर क्या हुआ? उस माली ने क्या कहा?''

''मणसे हुए डिब्बे हैं, घर में नहीं रख सकते। तुम लोग हमारे बाद मानना या मत मानना। हम जब तक हैं, माँ का नियम करते रहेंगे और उनके नाम से सोलह सुहागिनों को सिंगार की चीज़ें देते रहेंगे।''

''आप भी, मौसी, कहाँ की बात कहाँ! सिक्सटीन टाइम्स सिक्सटीन सुहागिनों को देंगे अगर आने वाले समय में सुहागिनें बची रहीं! आप आगे की बात बताएँ।''

‘‘ऐसे कुछ भी आड़ा-तिरछा बोल देती हो, सोच-समझ कर बात किया करो,’’ मम्मी ने झिड़का था, ‘‘लाओ, मुझे दो। मैं दे आऊँगी। दीपक भी जोड़ती आऊँगी।’’

‘‘माली ने बड़ा अनाप-शनाप कहा था,’’ मीठी मौसी ने मम्मी के जाने के बाद बताया।‘‘कहता था कि जब वो प्रोफ़ेसर को ढूँढता पहुँचा तो नीना वहीं थी, प्रोफ़ेसर के पास और जब प्रोफ़ेसर के मुँह से उनके प्राण निकले, नीना ने उन्हें अंजुरी में भर कर अपने पल्ले में बाँध लिया। और भी बहुत कुछ जादू-टोना, डायन-वाइन जाने क्या-क्या कहता फिरा। बात तो फैलनी ही थी, एक तो प्रोफ़ेसर की अचानक मौत और फिर वसीयत में नीना का ज़िक्र। वो तो शुक्र है कि यूनिवर्सिटी और बड़े हॉस्पिटल के डॉक्टरों ने प्रोफ़ेसर की जाँच-पड़ताल करके डेथ सर्टिफ़िकेट दिया था, वर्ना नीना पर और भयंकर लांछन लगता। डैडी ने माली के परिवार को पैसे दिए कि उसे गाँव ले जाएँ और फिर ख़ुद नीना के घर रहने लगे कि लोगों के मुँह बंद हों और बात का बतंगड़ न हो।’’

‘‘वैसे माली की बातों से नीना को फ़ायदा ही हुआ, यूनिवर्सिटी में और शहर में भी लोगों ने उसके रास्ते में पड़ना बंद कर दिया और उसके बारे में उलटी-सीधी बातें करना भी। देखो, कैसे बुरी से बुरी बात में से भी कुछ-न-कुछ अच्छा निकल आता है।’’ मीठी मौसी ने उपसंहार में कहा। ‘‘बाहर के लोगों ने क्या,’’ बच्चू मौसी धीमे सुरों में बोलीं, ‘‘घरवालों ने भी...डैडी के बाद उसे कोई कुछ कहता नहीं, तमाम बातों के बावजूद, पीठ-पीछे भले कह लें...’’

तमाम बातें यानी नीना आँटी का रिटायरमेन्ट के बाद जयपुर छोड़ना और जयपुर वाले अपने मकान में नाना के नाम से स्टूडेंट्स हॉस्टल बना देना। ‘‘मकान डैडी ने ख़रीदा था, कायदे से सबरो पूछा जाना चाहिए था। ऐसा नहीं कि किसी को भी डैडी के नाम से ट्रस्ट बनाकर ज़रूरतमंद स्टूडेंट्स की मदद करने में एतराज़ होता, लेकिन हर बात का एक तरीक़ा होता है...’’ बात निकलने पर बड़े मामा अक्सर कडुवा मुँह बनाकर कहते। ‘‘क़ानूनन हम चैलेन्ज कर सकते थे लेकिन हमने कहा, है तो बहन ही, चलो जाने दो।’’ टुन्नू मामा ने एक बार कहा था। सुदीपा एल.एल.बी का आख़िरी इम्तिहान देकर लौटी थी।‘‘कैसे चैलेन्ज करते मामा ? घर तो नाना ने नीना आँटी के नाम से ख़रीदा था।’’

‘‘बिटिया तुमने कानून पढ़ा है, गुना नहीं है। लगाने को हम आसमान में

सेंध लगा सकते हैं, ये मामूली इन्हेरिटेंस का मैटर है।''

''लेकिन कैसे ? किस एक्ट के अंडर ? क्लियर टाइटल और लम्बे समय से पोज़ेशन दोनों नीना आँटी के पास हैं, कोई लूप होल नहीं।''

''बहस मत करो सुदीपा, तुम पोतड़ों में थीं तब से प्रैक्टिस कर रहे हैं हम।''

''और यह कोई तर्क है ?'' सुदीपा बाहर जाकर भुनभुनाई थी। परिवार में सबकी नीना आँटी के बारे में बस कट्टर राय थी, तर्क कोई नहीं था।

15

सुदीपा की आँख बड़े सवेरे ही खुल गई, पलंग में अलसाने की पुरानी आदत अब छूट गई थी।

''तुमको उस बदमाश कोयल ने जगा दिया ?'' नीना आँटी बाग़ में चाय पी रही थीं। सुदीपा ने हल्का मुस्कुराकर सिर नकार में हिलाया। ''सूरज निकलने से पहले से कम्बख़्त कोयल कूक रहा है। हर बार जब सुर पंचम पर पहुँचता है, लगता है अब के तो इसका कलेजा टुकड़े-टुकड़े हो जायेगा! दरअसल यह सब नाटक उस चित्तिदार, रतनगुंज-सी आँखों वाली प्रेमिका के लिए किया जा रहा है! यहाँ यह जनाब तुम्हारी नींद उड़ा रहे हैं, वहाँ उसे परवाह ही नहीं, वो पके अनारों में उलझी है!'' नीना आँटी ने चाय का कप मेज़ पर रख दिया। सुबह की शीशे-सी साफ़ बिल्लौरी रौशनी में उनके चेहरे पर की महीन रेखाएँ नज़र आ रही थीं, आँखों के कोनों में, होंठों के गिर्द, भौंहों के ऊपर। ख़ुशदिल रेखाएँ, चेहरे पर उगती-खिलती हँसी की छूटी हुई छाप-सी। तल्ख़, गुस्से वाली नहीं जो भौंहों के बीच और नाक से ठोड़ी तक धीरज की सीमा-रेखा या दमन की अकड़न-सी खिंचती हैं। ''आज रात तुम चाहो तो पीछे वाले कमरे में सो जाना, उसकी खिड़की घाटी की ओर खुलती है। घाटी में रात कुछ और देर बनी रहती है।''

सुदीपा ने टहनी हिला ओस की बूँदें गिरा दीं। ''अनार के पेड़ कब लगवाए आपने ?''

''पेड़ तो बहुत दिनों से हैं, लेकिन फले तब जबकि ये श्रीमती कोयल

आने लगीं दो सालों से! आम, कटहल, जामुन, अनार ये चार तो यहाँ आने से भी पहले लगवाए थे।''

''कटहल?'' सुदीपा चिहुँकी, ''लेकिन कटहल तो बैंड है। मम्मी कहती हैं कि नाना के डैडी के जाने के बाद से घर में कटहल जब भी बना कड़वा निकला...''

''क्योंकि वो हमारे दादा को पसंद था और दादो-सा कटहल न खाने की ओख दे गए थे?'' नीना आँटी होंठ खोलकर हँसीं। ''मधु दीदी ने कहा और तुमने माना!''

''मैंने क्या, मेरे पापा ने भी माना, पापा को कटहल बहुत पसंद है। मुझे अब भी याद है, एक दिन ज़िद करके कटहल ले आये कि ओख-वोख सब बेवकूफ़ी है, आज बनाओ, देखें कैसे कड़वा बनता है। रसोई में कुर्सी डाल कर बैठ गए और दादी की रेसिपी वाली कॉपी में से पढ़कर बताने लगे कि यह डालो, ऐसे भूनो।''

''तुम्हें खूब याद है! कितनी बड़ी थीं तुम?''

''पता नहीं आँटी, लेकिन मम्मी के मौन व्रत के बारे में जानने लायक़ बड़ी थी...।''

''माँ से सीखा है यह सरला जीजी और मधु जीजी ने। माँ को कुछ भी अपशगुन लगा, बस होंठ सी लेती थीं। वैसे भी कम बोलती थीं लेकिन अगर इशारे से हाथ-मुँह धोने, खाने-पढ़ने को कह रही होतीं तो हम समझ जाते कि या तो दही ठीक से नहीं जमा या कौवे ने चिड़ियों के लिए डाले दाने खा लिए या कुत्ते ने कौवे के लिए रखा दूध-भात चट कर दिया!''

''सारा-सारा दिन किसी इमेजनरी कारण से चुप रहना...'' सुदीपा ने गर्दन झटकी।

''जान, कल्पना में बड़ी ताकत है। मैं सोचती थी कि अब तक तो तुम यह समझ गई होंगी।'' नीना आँटी ने नर्म आँखों से उसे देखा। ''तो कटहल बनाने वाले दिन मधु जीजी ने मौन व्रत ले लिया और जीजा जी की खानदानी रेसिपी के बावजूद कटहल का साग कड़वा निकला, क्यों?''

सुदीपा क्षण भर नीना आँटी को अवाक् देखती रह गई। ''आपको कैसे...।''

''कड़वा कटहल नहीं था। जीजी की रसोई में शायद कुछ और कड़वा

रहा हो।'' नीना आँटी उठ खड़ी हुईं। उनके पैरों में दुबका बैठा बिल्ला फिसल कर घास पर आ रहा। ''जब डैडी मेरे साथ रहते थे तो कटहल के मौसम में हर अगले दिन घर में कटहल बनता था। उन्हें भी जीजो-सा की तरह कटहल पसंद था, एक दिन बोले थे कि अगर तुम कटहल नहीं पकातीं तो अफ़सोस ही रह जाता, मरने के बाद लोग वट में रहते हैं, मैं कटहल के पेड़ पर अटक जाता और आते-जातों के सिर पर कच्चे-पक्के कटहल फेंकता कि लो मरदूदों मैं नहीं खा पाया तो क्या, तुम तो लुत्फ़ उठाओ।'' नीना आँटी की हँसी गूँज उठी। कोकिल चुपा गया। धूप बढ़ गई थी, पहाड़ों की चकमक झलमल धूप जिस पर शहर की इमारतों का बंधन नहीं, सिर्फ़ हरे पेड़ों का झीना अवरोध होता है।''धूप और तेज़ हो उससे पहले आओ तुम्हें अपना नया स्टिल* दिखाऊँ। गुलाबजल बनाने के लिए लगाया है। मेरा अपना डिज़ाइन, मुझे बड़ा गर्व है ख़ुद पर!''

घर के पीछे पुदीने-धनिये, मिर्च और मौसमी सब्ज़ियों की क्यारियाँ थीं और एक छोटा-सा, प्लास्टिक से ढँका ग्रीन हाउस। ग्रीन हाउस में तरह-तरह की खट्टी-मीठी, खूबसूरत बेरीज़ फलती थीं और रसभरियाँ और मेंगोस्टिन और रैम्ब्यूटान के चित्र-विचित्र फल। जिस साल नीना आँटी ने ग्रीन हाउस बनवाया था, उसी साल बड़े मामा-मामी और सरला मौसी पहली बार नीना आँटी के घर आये थे। राधिका दीदी के डिवॉर्स का मामला शुरू ही हुआ था और सरला मौसी को अब भी उम्मीद थी कि सुलह हो जाएगी। सब का जी मुंबई की उमस से घबरा गया था और दो दिनों के लिए सब नीना आँटी के यहाँ चले आये थे, सुदीपा भी। बस राधिका दीदी ही नहीं आई थीं। ग्रीन हाउस में नए-नए हरे पौधों की कतारें थीं। गमलों पर लगे नामों के लेबल पढ़कर बड़े मामा ने भौहें सिकोड़ी थीं, ''जाने कहाँ-कहाँ के पौधे बटोरे हैं इसने, एक भी अपने देश का नहीं।''

''पेड़-पौधों के भी देश होते हैं, भाई?'' नीना आँटी मुस्कुराई थीं।

''पेड़ों के देश नहीं होते तो क्या होते हैं?'' सरला मौसी ने आँखें फैला कर कहा था, ''जो अपने यहाँ उगते हैं वे इंग्लैंड-अमरीका में थोड़े ही होते हैं?''

''देश नहीं होते, हवा-पानी और मौसम होते हैं और मेरे ग्रीन हाउस में

---

* फूलों से अर्क निकालने का यंत्र

इनका मौसम है,'' नीना आँटी ने एक पौधे की गहरी हरी पत्तियों को हल्के से छुआ था। ''हमेशा कुतर्क...'' बड़े मामा काँच का दरवाज़ा ठेलकर बाहर निकल गए थे, ''लिहाज़-समझ नहीं, बस कुतर्क...एक नहीं पनपेगा इनमें से...।'' वे बड़बड़ाये थे। '' ऐसा मत कहिए, मामा, कितने सुंदर पौधे हैं...'' सुदीपा ने उँगली पर उँगली चढ़ाई थी और दोनों आँखें नाक के छोर पर केंद्रित कर ली थीं। उसी साल क्वांर की असमय बारिश में बँगले के बाग़ में मामा के लगवाए देशी आम के पेड़ पर बिजली गिरी थी और बाग़ की मिट्टी में दीमक निकल आई थीं। ''मम्मी ने न जाने कौन-कौन सी हर्ब्स लगवाई थीं, दादी के गेंदा-गुलाब उखड़वा कर। सबको दीमक खा गई। मिट्टी ऐसी जालीदार भी हो सकती है मुझे पता ही नहीं था, सुदीपा।'' निशिता ने बताया था। सुदीपा से छोटी होने के बावजूद निशिता ने कभी सुदीपा को दीदी नहीं कहा था। ''बेचारी मम्मी रुआँसी हो गई जब माली ने दिखाया कि पौधों की जड़ें ही नहीं बचीं।''

''लेकिन बँगले में तो कभी दीमक की प्रॉब्लम नहीं थी। और नानी की फूल-क्यारी तो जब से बँगला है, तब से है। इतने सुंदर गेंदे और क्राईसेंथमम और डहलिया खिलते थे वहाँ हमेशा से...।''

''वुड यू बिलीव ? इस सबका ब्लेम भी नीना आँटी पर थोपा जा रहा है। अपेरेंटली डैडी ने नीना आँटी के पौधों के लिए कुछ कह दिया, इसलिए सरला मौसी कहती हैं कि नीना आँटी की बद्दुआ या जो भी लगी है बाग़ को।'' निशिता ने होंठ भींच कर आँखें नचाई थीं।

''मम्मी और मीठी मौसी ने कुछ नहीं कहा ?''

''नहीं, लेकिन मीठी मौसी ने पंडित बुलवा कर पूजा करवाई। हमारे घरवाले इतने वियर्ड क्यों हैं, दीप ? यानी, नीना आँटी के अलावा बाक़ी के सब।'' निशिता ने दाहिनी भौंह के ऊपर छिदवा कर नई-नई छोटी-सी सुघड़ बाली पहनी थी और हमेशा की तरह घर में उठे बवाल से बचने के लिए छुट्टी में मुंबई चली आई थी।

''ठीक ही कहा, यहाँ सब अजीब हैं।'' राधिका दीदी ने लैपटॉप से आँखें उठाकर निशिता की ओर देखा था। ''तुम ये आईब्रो पियर्सिंग करवाने के लिए दो-तीन साल रुक नहीं सकती थीं ?''

''क्यों रुकती ?'' निशिता की आँखों में भी बाली सी नई-नई चमक थी।

16

ग्रीन हाउस में कटे-छंटे यत्न से सहेजे पेड़-पौधे लहलहा रहे थे। ''एवोकाडो का पेड़ लगाया है पिछले दिनों। इस पूरे इलाके में एकमात्र एवोकाडो। नेट पर पढ़-पढ़ कर उसकी देख-रेख के बारे में सीखना पड़ा। रह जाये तभी है।''

''आपके बाग़ में कोई पेड़ नहीं भी रहा है ?''

''बस वही जिसे मैंने रखना नहीं चाहा! जिसे सचमुच रखना चाहो उसकी क्या मजाल कि ना रहे!''

सुदीपा की आँखों में अनचाही नमी उतर आई।

''और ये देखो, ये है मेरा नया गुलाब-जल बनाने का यंत्र। असल में यंत्र क्या, जोड़-तोड़ कर बनाया गया भानुमति का कुनबा कह सकती हो।'' ईंटों के छोटे चबूतरे पर एक बर्नर था और उस पर काँसे का बड़ा-सा पतीला। पतीले में पानी भरा था और उसके पेंदे के बीचोंबीच एक उभार पर मोटे काँच का, चौड़े मुँह वाला बड़ा प्याला रखा था। ''ये हीटर सोलर बैटरी से चलता है। छत पर लगे सोलर पैनल तुमने देखे ? दूर से चमकते दीखते हैं। नीचे के कुछ बँगलों में भी पिछले दिनों में लगे हैं, मेरी देखा-देखी!'' नीना आँटी ने चबूतरे के पास रखी टोकरी उघाड़ी। ''गुलाब जल बनाने के लिए धैर्य चाहिए और गर्म-ठंडे का सटीक संतुलन,'' वे धीरे से मुस्कुराईं, ''सूक्तिनुमा बात हो गई, नहीं ? गुलाब जल के अलावा भी बहुत-सी चीज़ों पर लागू हो सकती है। तुम पतीले में पंखुड़ियाँ डालो मैं बर्फ़ मँगवाती हूँ।'' उन्होंने आभा ताई को आवाज़ दी। सुदीपा नीम-ताज़ा पाँखुरें हाथों में भर कर पतीले में उलीचने लगी। ''बस एक बार में इतना ही। अब हमारा काम ख़त्म, बाकी का काम आग और यह बर्फ़ करेगी।'' उन्होंने पतीले पर काँसे का उथला ढक्कन कसकर लगाया, हीटर का तापमान और समय तय करने वाले डायल घुमाए-फिराए और बर्फ़-खंड ढक्कन में बने खाँचे में टिका दिए। ''जैसे-जैसे पानी गर्म होगा, पंखुड़ियों के सत्व को अपने में जज़्ब कर भाप बन जायेगा और बर्फ़ के कारण भाप फिर पानी में बदल जाएगी और पतीले में रखे काँच के प्याले में जमा हो जाएगी। बस आग-पानी की इसी जद्दोजहद से तुम्हारा गुलाब जल तैयार!''

सुदीपा ने बाँस की टोकरी ढँककर चबूतरे के नीचे सरका दी। ''एक बोतल भर बनने में कितना समय लगता है, आँटी ?''

‘‘घंटों। आख़िर गुलाब अपना सब कुछ दिए दे रहे हैं। इस क़दर देने में समय तो लगता है, फूलों को भी और हमें-तुम्हें भी।’’

‘‘आपने कभी इस क़दर दिया है ?’’

‘‘कितनी ही बार, बल्कि जब दिया है, इस क़दर ही दिया है। जान, देने के बदले पाए रीतेपन का अपना ही सुख है। लेकिन देने से पहले माँगने का साहस करना पड़ता है।’’

सुदीपा ने पलकें झपकाईं, कुछ फाँस-सा चुभ गया। ‘‘आपकी बातों में पहेलियाँ हैं, मनु जीजा जी कहते हैं।’’

‘‘और तुम्हारी चुप में।’’ नीना आँटी ने हाथ बढ़ा कर सुदीपा के गालों पर झूल आए बाल कान के पीछे अटका दिए।

‘‘मैं चुप कहाँ हूँ...’’

‘‘हाँ, तुम कहाँ चुप हो ! आओ, नाश्ता लग गया होगा। पहले खा लो फिर नहाना।’’

नाश्ता बाग़ में ही लगा था। बिल्ला नीना आँटी की कुर्सी के पास बैठा था। उसकी तिरछी, पीली आँखें सुदीपा पर क्षण भर टिकीं। ‘‘बिल्ले को मैं ही बिलकुल पसंद नहीं या औरों को भी ऐसे ही नाराज़गी से घूरता है ?’’

‘‘इसकी राज़ी-नाराज़ी इसके साथ।’’ नीना आँटी ने चप्पल से पैर निकालकर बिल्ले की गर्दन और छाती गुदगुदाई। उसके कंठ से तृप्ति की गहरी बर्राहट निकलने लगी।

‘‘बिल्ला भी एक छोटी-मोटी पहेली है। कहाँ से मिला यह आपको ?’’

नीना आँटी का कोमल पैर अब बिल्ले का सिर सहला रहा था। आनंद की बर्राहट चरम पर पहुँच गई थी। ‘‘मेरा मानना है कि पहेलियाँ सुलझाने के लिए नहीं होतीं। अगर सुलझाना ही होता तो पहले हमने उन्हें उलझाया क्यों होता ? जब हम अपनी पहेली बना रहे होते हैं तो अच्छी तरह जानते हैं कि यह तार इसमें उलझा रहे हैं, यहाँ गुत्थी बना रहे हैं। असली प्रश्न यह नहीं है कि पहेली क्या है ? सुदीपा, असली प्रश्न यह है कि पहेली क्यों है ? है कि नहीं ?’’ आभा ताई चाय की ट्रे ले आई। ‘‘आभा ताई, सुदीपा के लिए तुलसी का काढ़ा बनाओ। आँखें लाल हैं कल से इसकी और नाक भी बह रही है।’’

‘‘हौ,’’ आभा ताई ने सिर हिलाया।

‘‘आँटी...’’

‘‘हाँ, बच्चा। लो, बटाटा-पोहा अच्छा तो लगता है ?’’ सुदीपा ने सिर हिलाया। नीना आँटी ने उसकी प्लेट में हरे धनिए और हाथ-पीसी हल्दी से सुवासित नर्म-गर्म पोहा परोस दिया। ‘‘बटाटा-पोहा, फंसी-उपमा यह सब आभा ताई की वजह से है, जयपुर में तो हम मलाई-परांठा और दूध-जलेबी खाते थे नाश्ते में। बस मधु जीजी नहीं खाती थीं, बड़ी नकचढ़ी थीं—यह नहीं खाएँगे, वह नहीं खाएँगे, सुबह-सुबह मीठा-सीठा नहीं खाएँगे।’’

‘‘मम्मी ?’’ सुदीपा ने आश्चर्य से भौंहें उठाईं। ‘‘लेकिन उनकी तो कोई पसंद-नापसंद ही नहीं।’’ सुदीपा ने बचपन से देखा था, जो सबको पसंद होता मम्मी खा लेती थीं, दादी की ख़रीदी साड़ियाँ पहन लेती थीं, पापा तय करते थे कि गर्मियों की छुट्टियों में कहाँ जायेंगे, दिवाली में घर किस रंग में पुतवाया जायेगा, सारंग और सुदीपा कौन-से स्कूल में दाखिला लेंगे। मम्मी बस यह तय करती थीं कि किन बातों पर मौन-व्रत लेंगी। ‘‘आपको तो पता ही नहीं है कि आपको ख़ुद क्या पसंद है,’’ सुदीपा ने एक बार खीझकर कहा था। ‘‘हो सकता है। लेकिन मुझे यह पता है कि क्या ग़लत है।’’ मम्मी ने काली-सुनहरी, झीनी माहेश्वरी साड़ी एक ओर हटा दी थी। ‘‘तुम्हारी पसंद, यह साड़ी स्कूल की फेयरवेल पार्टी में पहनने के लिए एकदम ग़लत है।’’ सुदीपा ने गर्दन हिलाई, ‘‘मम्मी बिलकुल इमोशनल नहीं हैं, एकदम प्रैक्टिकल हैं। पसंद-नापसंद के लिए गहराई से महसूस करना ज़रूरी है और मम्मी हर बात सोच-समझ कर, नाप-तौल कर करती हैं कि कोई कुछ सोच न ले, कोई कुछ कह न दे। ऐसे में पसंद-नापसंद की गुंजाइश ही नहीं रहती है। मम्मी कुछ भी शिद्दत से फ़ील नहीं करतीं।’’

नीना आँटी ने चम्मच प्लेट में रख दी और सुदीपा की ओर करुणा से देखा। उनके होंठ बंकिम हो गए। ‘‘बच्चे, तुम अपनी माँ को बहुत कम जानती हो। ऐसा ही होता है, हम जान ही नहीं पाते कि हमारी माँएँ कितनी विविध-रंगी, कितनी शानदार हैं। मुझे लगता था कि हमारी माँ ने अपने पूरे जीवन में एक ही मौलिक काम किया—दोपहर के खाने में दाल की जगह कढ़ी बनवाने लगीं। बस, इतना ही। बाकी सब वही—पुराण-व्रत-नहान, कथा—गीत, सीना-पिरोना, डैडी की बातों को दोहराना और उनका सब स्याह-सफ़ेद सच मानना।

मुझे लगता था कि माँ कभी डैडी के सुझाये बिना सोच ही नहीं सकतीं, डैडी से अलग वह कुछ भी नहीं। मुझे सोचकर झुरझुरी आती थी, जैसे माँ पारदर्शी हों, उन्हें जब देखना चाहो, घर-बार, चूल्हा-चौका, तुलसी-दीपक दिखें, स्वयं माँ कभी नहीं।'' नीना आँटी कुर्सी की पीठ से टिककर बैठ गईं। नीम की छाया हवा में डोल रही थी। पैरों के पास की घास रह-रह कर साँवली से सुनहरी हो जाती और मेज़ पर रखे कप, चम्मच, काँटे अचानक झिलमिला उठते। ''मैं कितनी ग़लत थी माँ के बारे में यह उनके जीवन के आख़िरी दिन जान पाई जब उन्होंने मुझे देखते ही पूछा कि यह सब क्यों हुआ? सालों का अलगाव, आरोप-प्रत्यारोप, डैडी का गुस्सा, शहर भर की फ़ज़ीहत के बाद मुझे लगता था माँ उस सबसे अलग कहाँ सोच पाई होंगी। वह तो हमेशा ही कहती थीं कि हाथी के पाँव में सबका पाँव। तुम्हारे डैडी की बात में मेरी बात भी शामिल है। लेकिन उस दिन उन्होंने पूछा, ऐसा क्यों हुआ, ये नहीं कि तुमने ऐसा क्यों किया...तुम समझीं, सुदीपा? और सबकी तरह जो कुछ हुआ उसका सूत्रधार उन्होंने मुझे नहीं ठहराया। जब लोग दोष लगा रहे थे, उन्होंने इस-उस की राय उधार नहीं ली, सबसे अलग सोचा। इस ख़याल को जगह दी कि मेरे जीवन में जो कुछ घटा था, हो सकता है कि वह मेरे कारण या मेरे किए न हुआ हो, बल्कि मेरे बावजूद हुआ हो। अपनी निमोनिया से जकड़ी दुखती देह का दर्द भूलकर उन्होंने मेरी तकलीफ़ टोही। उस एक घंटे में मैं अपनी माँ से सचमुच मिली...'' आभा ताई मग में गरमागरम काढ़ा ले आईं। ''बहुत कड़क बनाया, ताई, काली मिर्च की झार उठ रही है। सुदीपा, तुम्हारे सायनस एकदम झपाटे से खुलेंगे! है ना, ताई?''

''हौ।'' आभा ताई मुस्कुराईं।

''मम्मी कहती हैं आपने कभी किसी को नहीं बताया कि नानी ने उस दिन आपसे क्या बात की...सरला मौसी, बच्चू मौसी सब कहते हैं कि नानी ने अंतिम समय में जो कहा उस पर सबका हक है...आए मीन, सब भाई-बहनों के साथ शेयर होना चाहिए...''

''पियो, ठंडा हो जायेगा,'' नीना आँटी ने सुदीपा के काढ़े में चम्मच-भर शहद डाल दिया। चम्मच में अटका एक बूँद शहद सोने के मनके-सा झिलमिला उठा। ''माँ इतने सालों सबके साथ थीं, तब उनसे किसी ने नहीं पूछा कि उन्हें

कुछ कहना है क्या, तब किसी ने कोशिश नहीं की और अब बिना मेहनत के माँ को जान लेना चाहते हैं सब। ख़ैर, अगर मैं उन्हें बता भी दूँ कि माँ ने क्या कहा था तो भी उन्हें भरोसा नहीं होगा, इतना कम जानते हैं सब माँ को। सरला जीजी कहेंगी कि नीना की बात बनाने की आदत और लीला-मृणाल सिर हिलाएँगे कि नहीं, माँ तो ऐसा कह ही नहीं सकतीं, माँ तो ऐसी थीं ही नहीं। यही बेहतर है कि वे माँ के काढ़े-सिले बेस पहनें और उनके हाथ के चूरमे का स्वाद याद करें। उनके लिए माँ इतनी भर थीं।''

सुदीपा ने मग उठाकर काढ़े का घूँट लिया। काली मिर्च वाक़ई तेज़ थी। ''मुझे नानी बहुत कम याद है,'' उसने धीरे-धीरे कहा। ''बस कुछ चित्र से हैं। आँगन में पीढ़े पर बैठकर लड्डू बना रही हैं, नाना की चाय की ट्रे लगा रही हैं, उल्टी हथेली से केतली के पानी का टेम्प्रेचर जाँच रही हैं, नाना अपने कमरे में किसी पर गरज रहे हैं और नानी बाहर खड़ी हैं...। हर चित्र में वह गोटा-ज़री की साड़ी पहने हैं और एक लम्बी-सी गोल्ड की माला...''

''माँ की मोहन माला। माँ को शादी के बाद दादी ने मुँह-दिखाई में दी थी। इतनी लम्बी थी कि माँ की नाभी तक लटकती थी। मैं कहती थी, आप माला में उलझकर गिर जाएँगी किसी दिन...''

''तो सचमुच की यादें हैं ये...।''

''सचमुच की क्यों नहीं होंगी?''

''नहीं, मुझे लगता था कि शायद सुनकर या कल्पना से बनाई हों। मुझे नानी की कोई बात याद नहीं, माने उनका कहा हुआ कुछ या उनकी आवाज़ या आँखें कुछ भी नहीं...मम्मी नानी की सुनाई कहानी सुनाती थीं जब सारंग भाई और मैं छोटे थे, मैं ही ज़्यादा सुनती थी, सारंग भाई तब भी दोस्तों वगैरह में उलझे रहते थे। वह कहानी और सोने की बालियाँ जो नानी मम्मी को दे गई थीं मेरे लिए, ये दो नानी की निशानियाँ हैं...''

''माँ कमाल थीं। सबके लिए कुछ-न-कुछ रख गई थीं। उनके शादी के सिंगारदान में से लिस्ट निकली थी, राधिका के लिए कर्ण-फूल, चिंतन-मनन की होने वाली बीवियों के लिए जड़ाऊ लॉकेट। जो पैदा नहीं हुए थे उनके लिए भी उनकी भावी माँओं के पास थाती छोड़ गई। माँ की कौन-सी कहानी सुनाती थीं मधु जीजी?''

‘‘वह चिड़िया और चूहे वाली।’’

‘‘सुनाओ सही।’’ नीना आँटी ने सेब की फाँक मुँह में रखी। सुदीपा ने एक घूँट में काढ़ा ख़त्म किया। ‘‘तो सुनिए—एक चिड़िया थी, एक व्यापारी के घर में रहती थी, व्यापारी उसे दाना-पानी देता, प्रेम के बोल बोलता, चिड़िया चहकती और छोटे-छोटे परों से उसका पंखा झलती, चौके से आँगन और आँगन से बाखल तक डोलती। एक दिन व्यापारी चिड़िया को बोला, ‘देख री चिड़िया, मैंने तुझे दाना खिलाया, पानी पिलाया, बाज़ से बचाया, अब मैं दिसावर जाता हूँ, कोठार में गुड़, घी, बाजरी है, तू उनकी निगरानी रखना कि घटे ना। मैं लौटकर तुझे खीचड़ा खिलाऊँगा और दुलार करूँगा’।’’ सुदीपा ने रुक कर दम लिया।

‘‘तुम बड़ी अच्छी कहानी कहती हो! फिर क्या हुआ?’’

‘‘फिर व्यापारी चला गया तो चिड़िया कोठार की रखवाली करने लगी। दीवार में एक चूहे का बिल था। एक दिन चूहा चिड़िया के पास आया और बोला—इस कोठार में घणा बाजरा, घी, गुड़ है, तू फिर भी यहाँ-वहाँ के चार रूखे दाने खा कर पेट भरती है। चल, तू और मैं दोनों खीचड़ा बनाएँ और खाएँ। चिड़िया बोली, ‘नहीं रे चूहे, व्यापारी मुझे कह गया है कि कोठार में कुछ घटे ना, सो जो तू कहता है, हो नहीं सकता।’ चूहा हँसा, ‘अरे गैली, कोठार में इतना अन्न है कि तू और मैं सात जन्म भी खाएँ तो चुकेगा नहीं।’ चिड़िया नहीं मानी। चूहा कोठार में घुस न जाये इस डर से उसने दाना चुगने जाना छोड़ दिया और दिन-रात कोठार के सामने पड़ी रहती। आता-जाता चूहा देखता कि चिड़िया दिन-दिन दुबली होती जा रही है। कभी-कभी वह चिड़िया के लिए दाना-पानी लाता लेकिन चिड़िया उसे छूता भी नहीं। दिन बीतते गए और चिड़िया का हिलना-डुलना, चहकना बंद हो गया। एक सुबह चूहा बिल से निकला तो उसने देखा कि भरे कोठार के सामने भूखी-प्यासी चिड़िया का दम निकल गया है। चूहे को इतना दुःख हुआ कि उसने भी प्राण त्याग दिए।’’

नीना आँटी ने धीरे से साँस छोड़ी। ‘‘क्या कहानी है। मधु जीजी तुम्हें सुनाती थीं?’’

सुदीपा ने गर्दन हिलाई, ‘‘हाँ। मुझे कभी समझ नहीं आया कि चिड़िया ने थोड़ा-सा बाजरा या चूहे का लाया दाना क्यों नहीं खा लिया? और चूहा भी

ऐसा कमज़ोर-दिल का कि ख़ुद भी मर गया। और मम्मी ने कभी नहीं बताया कि जब व्यापारी लौटा तो उसका क्या रिएक्शन था। एकदम अनसटिस्फ़ैक्टरी कहानी...''

''रोमांटिक कहानियाँ अक्सर अनसटिस्फ़ैक्टरी होती हैं,'' नीना आँटी ने नाश्ते की ख़ाली प्लेट और चाय का ख़ाली कप ट्रे में सजाया और पैरों में घुसे बिल्ले को हलके से झटक कर उठ खड़ी हुईं।

''रोमांटिक ? यह कहानी कहाँ से रोमांटिक है आँटी ? और वैसे भी रोमांस और मम्मी का आपस में दूर का नाता नहीं है।''

''बेचारी चिड़िया और चूहा दोनों ने जान दे दी और तुम्हें कहानी में रोमांस नज़र नहीं आया ? और अगर तुम्हें लगता है कि तुम्हारी माँ रोमांटिक नहीं तो तुम उन्हें इस चिड़िया और चूहे की कहानी से भी कम समझीं। कॉलेज के दिनों में शादी होने से पहले तुम्हारी माँ कविताएँ लिखा करती थीं और उसकी कविताएँ पढ़कर हम सोचते थे कि काश, ऐसी कविताएँ हम भी लिख पाते। 'आषाढ़ की पूरी-पूरी शाम वह छत पर पनीले चाँद की काँपती रौशनी और साँवले गोदने देखते बिता देती,' ये मेरे शब्द नहीं, उसी की एक कविता है। शादी के बाद तुम्हारे पापा का घर-परिवार सँभालते और तुम दोनों को पालते वह पुराना जादुई रोमांस बचा या नहीं, मुझे पूछने का मौका नहीं मिला। तुमने कभी पूछा उनसे कि तुम्हारे बाग़ में रातरानी की हैज किसने लगवाई, तुम दोनों को इस क़दर खूबसूरत मीठे नाम किसने दिए, गणगौर पर गौरा-ईसर के प्रेम वाला गीत गाते किसकी आवाज़ लरज जाती थी ?'' सुदीपा की टकटकी बँध गई, वह अवाक् सुनती रही। ''तुमने चिड़िया-चूहे की कहानी सुनाकर मुझे मेरी माँ के बारे में नई बात बताई।'' नीना आँटी उसके हतप्रभ चेहरे पर निगाह डाल कर मुलायमियत के साथ बोलीं, ''और मैंने तुम्हें तुम्हारी माँ के बारे में। हिसाब बराबर। सुबह बहुत जल्दी की उठी हो, जाओ नहा-धोकर थोड़ा आराम कर लो। मैं भी तब तक दो-तीन काम निबटा देती हूँ। फिर तुम्हारा मन होगा तो मोरण गाँव देखने चलेंगे। खेतों में रोज़ मोर नाचते हैं वहाँ।'' वह बरामदे की ओर बढ़ गई। उनकी छाया से लगा, छाया से ही बना-सा बिल्ला सरक कर साथ हो गया।

''नीना आँटी...'' काली मिर्च और लौंग से सुदीपा का गला खुश्क हो

गया था और आवाज़ में एक अनजान खरखराहट थी।

सीढ़ी पर पाँव रखती नीना आँटी मुड़ीं, ''हाँ बच्चा?''

''आप...आप जादूगरनी हैं क्या?''

नीना आँटी के होंठ खुल गए। मुस्कान-घुले स्वर में बोलीं, ''बिलकुल। तुम भी हो। जादू क्या है? जाने-समझे, लगे-बँधे के विपरीत होना ही तो। है कि नहीं, जादूगरनी?''

सुदीपा ने अपने काँपते हाथ एक-दूसरे में गूँथ लिए।

17

सुदीपा जागी तो पश्चिम-मुखी खिड़की पर लगा पर्दा सुनहरी आभा से झिलमिला रहा था। वह झपट कर उठी। घर में एकदम शांति थी। बाग़ में मैनाएँ चहक रही थीं। उनकी झैं-झैं झंकार खुली खिड़की के रास्ते आ रही थी। सुदीपा को लगा कि उनके स्वर से ही पर्दा काँप रहा है। रसोईघर में आभा ताई स्टील के किनारीदार गिलास में चाय पी रही थीं। उसे देखकर होंठों से गिलास हटाया। ''जेवण?''

''आभा ताई, मैं सोती रह गई। आँटी कहाँ हैं?''

''बाहेर।'' ताई ने हाथ से इशारा किया।

सुदीपा रसोई का दरवाज़ा ठेलकर बाहर निकली। नीना आँटी गुलाब जल वाले काँसे के पतीले पर झुकी थीं। पतीले से उठती हल्की भाप से उनका चेहरा वलयित था। ढलती धूप में उनका माथा और गाल ईंगुर-रंगे थे। दस्ताने वाले हाथों से वह काँच के प्याले में जड़ी-बूटियाँ डाल रही थीं। दरवाज़े के खटकने पर उन्होंने आँखें उठाईं। ''तुम कितना गहरा और अच्छा सो रही थीं, सुदीपा। मैंने आभा ताई को कहा बर्तन बाद में धोएँ।''

''बहुत देर सोती रह गई, आँटी। आपने जगाया भी नहीं।''

''जगाना कैसा? ऐसी नींद तो अण्डों-सी सेई जानी चाहिए। जब पूरी हो गई, तुम आप ही जाग गई।'' उन्होंने लकड़ी के टुकड़े से प्याले में भरे जल को हिलाया।

''यह गुलाब जल है? यह हरा-हरा क्या है इसमें जैली जैसा?''

‘‘हाँ गुलाब जल ही है, यह जैली घृतकुमारी है, एलोवेरा, और यह लकड़ी चन्दन-काष्ठ। आज रात भर ये सब इस गुलाब जल में रहने देंगे और कल नीना आँटी वाला स्पेशल गुलाब जल तैयार।’’

सुदीपा ने बेहद हल्के, अनाम रंग वाले जल में लरजती घृतकुमारी और चन्दन की लकड़ी को देखा। ‘‘कितने इंटरेस्टिंग दिख रहे हैं ये...।’’

नीना आँटी ने प्याले को काँच के ढक्कन से ढाँप दिया। ‘‘हाँ, तरल, सघन और उनके बीच की स्थिति, विरोधी या भिन्न अवस्थाएँ एक साथ। एक मेटाफर जैसा है, नहीं ?’’ उन्होंने प्याला एहतियात से थामा और रसोई की ओर बढ़ गईं। ‘‘तुमको भूख लगी होगी। नाश्ते में कुछ ख़ास नहीं खाया और लंच तो मिस ही हो गया। आभा ताई, कुछ खिला दो इसे। ओहो ! थालीपीठ बना रही हो ?’’

‘‘हौ।’’ तवे पर मसालेदार परांठे जैसा थालीपीठ पलटती आभा ताई ने तम्बाकू से रंगे दाँत खोले, ‘‘तिखट।’’

‘‘अरे बाप रे। रायता भी बनाओ तब तो ! आज सुदीपा तुम्हारी ख़ैर नहीं। आभा ताई का तिखट थालीपीठ माने तीखा इतना कि आँख में पानी आ जाये और स्वादिष्ट इतना कि खाए बिना रहा न जाए। डाइनिंग रूम में ही ले आओ ताई।’’

‘‘हौ...’’

गुलाब जल से भरा प्याला नीना आँटी ने खिड़की में रख दिया और दस्ताने उतार दिए। ‘‘हवा में धीरे-धीरे ठंडा होगा गुलाब जल, और एलोवेरा और चन्दन के सारे गुण सोख लेगा। सिर्फ़ खुशबू ही नहीं चन्दन में त्वचा को मुलायम बनाये रखने वाला तेल भी होता है और घृतकुमारी के गुणों की तो गिनती नहीं।’’

‘‘सोलर-पैनल, गुलाब जल डिस्टिल करना और अब यह जड़ी-बूटी टाइप चीज़ें। आप यह सब साइंस-वाइन्स कैसे जानती हैं आँटी ?’’

‘‘जादू से ! आज सुबह ही तो हमने तय किया कि मैं जादूगरनी हूँ।’’

सुदीपा कुछ झेंपी। ‘‘वह तो सब कहते ही हैं घर में।’’

‘‘और सब कहते हैं तो ठीक ही कहते होंगे !’’

आभा ताई गर्मागर्म थालीपीठ ले आईं। करारे, मसालेदार थालीपीठ और मीठे नीम, राई से छौंके दही से सुगंध उठ रही थी। सुदीपा के नथुने सौंधी-पकी

गंध से फड़क उठे। आभा ताई ने मिट्टी का प्याला प्लेट के बगल में रख दिया। ''अरे वाह, कौन-सा अचार है यह?''

''कैरीचा लौणचा।''

''मुझे सिखा दीजिए यह सब बनाना,'' सुदीपा ने थालीपीठ का टुकड़ा दही में डुबो कर मुँह में डाला। खट्टा-सुहाना गमकता स्वाद मुँह में घुल गया। आभा ताई आँचल से होंठ ढँककर हँसी।

''सिखा दो, ताई। वहाँ समर को बनाकर खिलाएगी।''

''हौ!''

सुदीपा चुपचाप टुकड़े तोड़-तोड़ कर खाती रही।

''अरे दही-अचार तो तुम भूले जा रही हो। ताई, एक और थालीपीठ ले आओ।''

''नहीं आँटी...''

आभा ताई रसोई की ओर चली गई। नीना आँटी ने खिड़की के पास वाली कुर्सी खींची। सुदीपा ने कनखियों से देखा, वह अँगुलियों में अँगुलियाँ टिकाए सहज-भाव थीं, उनकी आँखें कमरे के सामान, खिड़की के बाहर के बाग़ और सुदीपा को एक-सी निःसंग मृदुता से छू रही थीं।

आभा ताई और थालीपीठ ले आईं।

''आमरस भी लाओ ताई। अपनी माँ की तरह मलाई तो तुम खाती नहीं।''

''आँटी...'' सुदीपा ने चम्मच से कटोरी का दही हिलाया और उसमें बनते-मिटते बुलबुलों को गौर से देखा। ''क्या सचमुच मम्मी कविताएँ लिखा करती थीं?''

''बिलकुल। काश, मेरे पास होतीं और मैं तुम्हें दिखा पाती।''

''मम्मी के पास होंगी अब भी कुछ?''

''नहीं, जीजी के पास भी नहीं। दरअसल वह सब कविताएँ जला दी गईं।''

''जला दीं? किसने?''

''मधु जीजी ने ही।''

''मम्मी ने? लेकिन क्यों?''

नीना आँटी ने सुदीपा की कटोरी आमरस से भर दी। ''इसकी भी एक

कहानी है लेकिन शायद मेरे कहने की नहीं।''

''क्यों ? उसमें आपका कोई सीक्रेट है ?''

''जान, मेरा ऐसा कोई सीक्रेट नहीं है जिसे मैं तुमसे या किसी से भी छुपाना चाहूँ। ज़िन्दगी में मैंने सबकी राय की उतनी ही परवाह की है, जितनी तुम लोग मेरी सलाह की करते हो !''

''फिर ?''

''फिर यह कि हो सकता है कि मेरे बताने के बाद तुम्हें लगे कि तुम वाक़ई जानना नहीं चाहती थीं और एक बार जाने हुए से फिर से अनजान नहीं हुआ जा सकता। जाना हुआ ऐसा जिन्न है जो फिर से बोतल में बंद नहीं किया जा सकता। तुम समझ रही हो, सुदीपा ?''

सुदीपा ने अनझिप आँखों से देखा, ''हाँ।''

''ठीक है, चलो नीचे बाज़ार तक चलते हैं, रास्ते में बात करते चलेंगे। एक पानवाला ढूँढ निकाला है यहाँ जो मीठा पत्ता खिलाता है, जयपुर जैसा नहीं लेकिन फिर भी। घर में माँ पान लगाती थीं और हम सब में से सिर्फ़ मधु जीजी ने सीखा था, दीवान पर बैठ कर एकदम गंभीरता से सुपारी कतरती थीं, पान के पत्ते पैनी छुरी से तराशती थीं। हम उन्हें पान की बेगम कहकर चिढ़ाते थे और वो पत्ते धोने के लिए रखा पानी हम पर उछाल देती थीं।''

''मम्मी ?''

''अहाँ।''

घर से बाज़ार तक कच्ची-पक्की सड़क थी, हल्की ढाल वाली। नीना आँटी के सुघड़ जूतों के नीचे आकर कंकर उछल जाते। ''उमस है आज। बारिश आएगी, हवा में बारिश की गंध सूँघ सकती हो ? हर बारिश से पहले म्युनिस्पैलिटी वाले यहाँ कंकड़ डलवा देते हैं कि मिट्टी न बह जाए और बारिश में कंकड़ ही बह जाते हैं और पहाड़ के पाँव पुख़्ता करते हैं।'' नीना आँटी ने अपने हाथ में थमे लेस लगे खूबसूरत पंखे को हल्के-हल्के डुलाया। पंखा उनकी साड़ी के रंग से मेल-खाता नीला था और मोरपंख के जैसे खुलता था।

''मैंने कभी किसी को ऐसा पंखा लिए नहीं देखा है, फ़िल्मों के अलावा।''

नीना आँटी ने कलाई के हल्के झटके से पंखे को फैलाया और समेटा। ''ये बड़ा पुराना है। डैडी के एक क्लाइंट का बड़ा व्यापार था एक्सपोर्ट-इम्पोर्ट

का, उसने जापान से मँगवाए थे। कुछ पंखे माँ के लिए दे गया था, दिवाली या नए साल के तोहफ़े में।''

''नानी को ऐसी चीज़ों का शौक़ था ?''

नीना आँटी मुस्कुराईं।''माँ कहती नहीं थीं, लेकिन शौक़ीन थीं—ज़रदोज़ी की जूतियाँ, साटिन के पर्स, बालों में लगाने के गोटे और लेस के फूल, छोटे मोती और नगों के जड़ाव वाले कड़े, क्या कुछ उनके सामान से निकला था। हम सबको पहनने-ओढ़ने का शौक़-सलीक़ा माँ से ही मिला है। हमको इन पंखों का भी बड़ा शौक़ रहा कुछ दिन, कपड़ों के रंगों से मिलाकर गुलाबी-नीले वासंती पंखे हाथ में लिए घूमते। फिर शौक़ पूरा हो गया। ये पंखा मुझे डैडी के जाने के बाद उनके ट्रंक में मिला। एकदम नया, एक मलमल की थैली में, जाने किसके लिए रख छोड़ा था।'' उन्होंने अपनी अँगुलियाँ पंखे की नाज़ुक, लैकर पॉलिश से चमकती लकड़ी की कमानियों पर फिराईं और पंखा पूरा खोल दिया, ''देखो, आकाश और पर्वत-तंत्र के नीले रंगों से न्यारा नीला !'' साँझ की नीली रौशनी में खुली नीली पाँख-सा पंखा उनके गदबदे हाथ में थिरका। ''स्पेन में ऐसा ही पंखा लेकर फ्लेमेंको* करते हैं। तुम्हारा और समर का प्रोग्राम पक्का हो गया अगले साल यूरोप जाने का ? वीज़ा वगैरह आ गया ?''

''समर का पक्का है। अगले महीने ही जा रहा है, उसके प्रोजेक्ट का किक-ऑफ़ है अगले महीने।''

''अच्छा।''

रास्ता घूमता हुआ उतर रहा था। हवा में घास और वनस्पतियों की हरी-कसैली ताज़ा गंध थी। कहीं एक गाय रँभाई, पहाड़ की किसी सिलवट में बने घर से धुएँ के तागे उठने लगे। सुदीपा ने गहरी साँस खींची और तब तक फेफड़ों में रोके रखी जब तक कि उसके माथे में सनसनाहट-सी न होने लगी।

''यहाँ की हवा ही दवा है, सर्दी, जुकाम, बुखार सब ठीक कर देती है। पहाड़ और पानी का एकदम ठीक मेल है इसमें।'' नीना आँटी ने हाथ बढ़ाकर सड़क किनारे उगे पौधे की पत्तियाँ और फुँदने जैसे फूल तोड़ लिए। ''लो सूँघो। जंगल-पठार और मौसम की-सी गंध है, नहीं ? नाम मज़ेदार है—भूत गाँजा ! कल्पना करो, यहाँ, इस ठिगने पहाड़ की ढाल पर आड़े-तिरछे, टेढ़े-बाँके, शिव के गण-से भूतों का झुण्ड जुटा है और चिलम पी रहा है !''

---

* एक स्पैनिश नृत्य

सुदीपा ने पत्तियाँ अँगुलियों में लेकर मसलीं, उनमें कैद जंगली-तीखी गंध अँगुलियों के पोरों पर रिस आई। ''हम अगले साल जाने वाले थे।'' उसने गला साफ़ किया और मसली हुई पत्तियाँ हाथ से फिसल जाने दीं। एकाध उसके पैर के पंजे पर गिरीं। ''सोचा था कि समर का दो साल का कॉन्ट्रैक्ट है, मैं एल.एल.एम. कर लूँगी वहाँ...कितनी-कितनी तैयारी की थी, एडमिशन, स्कॉलरशिप और स्टूडेंट लोन के लिए दरख़्वास्त...अपनी फ़र्म के पार्टनर से अगले सितंबर से स्टडी लीव के लिए भी बात की थी। लेकिन समर का एक बड़ा प्रोजेक्ट अचानक लाइव हो गया तो मैं एकदम सब छोड़ के चल दूँ?... तीन महीने का तो मेरा नोटिस पीरियड है...'' सुदीपा ने हल्के से अपना गीला गाल छुआ, ''समर सारा वक़्त नाराज़ रहता है...कहता है कि इस सबसे क्या फ़र्क पड़ता है, इसी फ़र्म के लिए काम करना ज़रूरी थोड़े ही है लौटने पर। और क्या पता कब लौटें...मेरी तरफ़ से नहीं सोचता...''

''तुमने मधु जीजी से बात की ?''

''मम्मी को कहने का क्या फ़ायदा ? मम्मी इतनी रिजिड हैं, हर चीज़ को बस सही-ग़लत के इकहरेपन में सोचना, एकदम कड़े फ़ैसले सुनाना। उन्हें बताऊँगी तो कहेंगी—तुम्हें शिकायत करने की आदत है, लंदन ले जा रहा है, झोटवाड़ा नहीं और शादी तुमने अपनी मर्ज़ी से की, अब साथ जाने में नखरे...।''

नीना आँटी ने बाँह बढ़ा कर उसके कंधे घेर लिए और क्षण भर को उसे अपने से सटा लिया। सुदीपा के भीतर भरा कुछ कच्चे घड़े-सा फूटा और बहने लगा, एकदम सैलाब नहीं, फिर भी बड़ी भारी धार। भरेपन को साधे उसके स्नायु ढीले हुए, अकड़े कंधे ऋजु हुए। अगले मोड़ पर, ढाल पर ढलकती सड़क ऊपर चढ़ने लगी। ''पहाड़ी रास्ते विचित्र होते हैं, जब लगता है सीधे नीचे की ओर जा रहे हैं तभी दिशा बदल लेते हैं। यह मेरी मनपसंद जगहों में से एक है। आओ, बैठो।'' उन्होंने किनारे की गंदुमी, हल्की ललाई लिए चट्टान पर से फूँक मार कर धूल और चींटियों की क़तार उड़ा दी। सुदीपा ने चट्टान की गुनगुनी सतह को हथेली से छुआ। चट्टान पर हल्की-गहरी धारियाँ थीं और वह शायद किसी प्रागैतिहासिक ज्वालामुखी के विस्फोट से निकली थी। ठंडा होकर जमने में उसे अकूत वर्ष लगे होंगे, लेकिन फिर भी उसने दिन भर की धूप की गर्माहट ऐसे ही थाम रखी थी, जैसे बच्चे को बहलाने के लिए माँ उसकी गुड़िया को

बाँहों में ले सुलाती है। सुदीपा नीना आँटी के बगल में बैठ गई। नीचे पहाड़ के क्रोड में ताल-जल चमक रहा था और उसके भी नीचे पहाड़ के पैरों में लोटती घाटी के बाज़ार में बत्तियाँ जलने लगी थीं। हालाँकि साँझ अभी फूली भी नहीं थी। नीना आँटी हथेलियाँ पीछे टिकाकर और पैर समेटकर ऐसे आराम से बैठ गईं जैसे घर के बरामदे में बैठी हों। ''तुमने सुना होगा कि कैसे मैं कॉलेज के दिनों में पड़ोस के एक लड़के के साथ भाग गई थी और कैसे सारी दुनिया उलट गई थी।'' उन्होंने अपना चेहरा आकाश की ओर उठाया, जैसे दिन की बची रौशनी पी रही हों। ''दरअसल इतना नाटकीय कुछ भी नहीं हुआ था। सचमुच भागना भी नहीं पड़ा था, पड़ोसी का लड़का कॉलेज के दरवाज़े पर इन्तज़ार कर रहा था और मैं बस से उतरकर क्लास के लिए जाने के बजाय उसकी साइकिल के कैरियर पर बैठ कर उसके साथ स्टेशन चली गई थी। स्टेशन पर बनारस की ट्रेन लगी थी सो हम उसी में बैठ गए थे। कुछ दिन गंगा के किनारे एक धर्मशाला में रहने के बाद हम फिर उसी ट्रेन से वापस लौट आये थे। कोई हमें हमारी इच्छा के विरुद्ध घसीट कर नहीं लाया था। न उस लड़के को मारा-पीटा गया था, न मुझे कमरे में बिना दाना-पानी बंद किया गया था। सब कुछ एकदम सभ्य तरीके से घटा था। दोनों परिवार हमारी शादी के लिए राज़ी थे। चिल्ला-चिल्ली तब हुई जब मैंने उस लड़के से शादी के लिए मना कर दिया। डैडी आग-बबूला हुए, ससुराल से आई सरला जीजी ने भगोड़ी बहन के ताने दिए जाने पर रोना-पीटना किया और माँ ने मौन-व्रत ले लिया। लेकिन मैं अड़ी रही। किसी को बताया भी नहीं कि मैं उरा लड़के से शादी क्यों नहीं करना चाहती थी। अपने युवा दम्भ में मैंने सोच लिया था कि सब अपने-अपने कोनों में धँसे हैं और बताने पर भी कोई मेरी जगह से देख-सोच नहीं पायेगा। उस लड़के का परिवार तो मेरे इनकार से गुपचुप खुश ही हुआ था, शादी के पहले लड़के के साथ रही लड़की को बहू बनाने में थोड़ी हेठी तो थी ही जो वक़ील साहब के नाम-दाम से पूरी तरह नहीं मिटती।'' सुदीपा ने चप्पलें उतार दी थीं और उठे घुटनों पर ठोड़ी टिकाए सुन रही थी। ''दरअसल जब मैं उस लड़के के साथ गई थी तब मैंने यह तय नहीं किया था कि उसके साथ शादी नहीं करूँगी। डैडी, सरला जीजी के देवर से मेरी शादी की बात कर रहे थे और मेरी पढ़ाई का क्या होगा इसका कोई ज़िक्र ही नहीं था। मैंने देखा था कि शादी के बाद सरला जीजी ने

तीन बार बी.ए. का फ़ॉर्म भरा और इम्तिहान एक बार भी नहीं दे पाई और मधु जीजी की तो फ़ाइनल ईयर की परीक्षाओं के ठीक पहले ही शादी हुई थी। उस लड़के ने मुझसे बहुत कुछ कहा और यह भी कि हम दोनों पढ़ेंगे, किसी की रोक-टोक नहीं मानेंगे, मनमर्ज़ी करेंगे। बस मैं उसके साथ चली गई। ट्रेन में जब वह मेरी बगल में मुझसे सट कर बैठा तब मैंने जाना कि साथ चले आने का दूसरा पहलू भी है, लेकिन न मुझे डर लगा, न मेरा मन उचाट हुआ। मेरा हाथ पकड़ने पर उसकी नब्ज़ कुलांचे मार रही थी और मुझे बस एक हल्की जिज्ञासा भर हो रही थी। तुम्हें यह सब सुनना अजीब तो नहीं लग रहा है? अनकंफ़र्टेबल हो रही हो तो कहो।''

सुदीपा ने सिर हिलाया, ''न, बिलकुल नहीं।'' उसकी आँखें नीना आँटी के निर्विकार चेहरे पर टिकी रहीं।

''तब ठीक। हम दोनों बनारस के स्टेशन पर उतरे। बनारस हम दोनों ही पहली बार आए थे। स्टेशन की भीड़-भाड़ और बाहर की गलियों का जंजाल देखकर हम कुछ घबराये। हर तरफ़ पंडे और गुंडे। गलियों में गाय-बैल रास्ता रोक कर स्थापित। गन्दगी, भिखमंगों और अव्यवस्था का कोई ठिकाना नहीं। हमने गंगा के नज़दीक एक धर्मशाला में कमरा लिया। शाम को जब गंगा पर सूर्यास्त देखा, चारों तरफ़ रह-रह कर बजते घंटे, गंगा में नहाते और घाटों पर इकट्ठे लोगों का जयकारा सुना तब बनारस का जादू समझ आया। कमरे में लौटने पर उसने कोशिशें शुरू कीं लेकिन मेरा ध्यान तो बनारस की रंगीन दृश्यावलियों में रमा था। कमरे की खिड़की से बाज़ार की आवाज़ें आ रही थीं, कहीं शंख बज रहे थे, गली में कोई ज़ोर-शोर से 'बमभोले' गा रहा था, ऐसे में अनाड़ी लड़के के काँपते हाथ मैंने झटक दिए। उसे बुरा लगा। स्त्रियों पर वैनिटी का आरोप लगाया जाता है, लेकिन पुरुषों में भी ज़बरदस्त वैनिटी होती है! वह डींगें हाँकने लगा कि कितनी लड़कियाँ उस पर किस क़दर मरती हैं, यहाँ तक कि मेरी अपनी बहनें भी। यह एकदम झूठ नहीं था, वह कवि था और नेतागिरी भी करता था। आस-पास की जान-अनजान लड़कियाँ, साथ पढ़ने वाली सहेलियाँ सब उसकी कविताएँ सुनकर आहें भरती थीं। लेकिन मैं क्यों रौब मानती? उन लड़कियों में से किसी ने भी उसके साथ भाग जाने की हिम्मत की थी? मैंने कहा कि सिर्फ़ मरती हैं या कुछ करती भी हैं तो वह और बमक गया। सामान

में से चिट्ठियों का ख़रीता निकाला और बोला, 'लो पढ़ो, तुम्हें पता चल जायेगा कि क्या करती हैं।' सोचो, सुदीपा, लड़कियों के ख़तों के पुलिंदे लेकर घूम रहा था, जैसे वह पुलिंदा उसके लिए अपने हीरो होने का प्रमाण हो! मुझे कुछ वितृष्णा-सी हुई। जाने किस ज्वर से जन्मी, कितनी बेचैन होकर लिखी गई अंतरंग चिट्ठियाँ, और मुझे ऐसे दिखा रहा है जैसे बच्चे मरी तितलियाँ दिखाते हैं। मैंने कहा, 'मेरी लिखी हुई कोई चिट्ठी हो तो दिखाओ।' वह अकड़ कर बोला, 'तुम्हारी चिट्ठी की क्या दरकार, तुम ख़ुद ही यहाँ हो, लेकिन तुम्हारी बहन की लिखी चिट्ठियाँ हैं इनमें।' उसने पुलिंदे में से कुछ चिट्ठियाँ निकालीं। सुदीपा, मैं देखते ही मधु जीजी की राइटिंग पहचान गई, वह हम सबसे अलग, एकदम नुकीली कलम से तिरछे अक्षर लिखती थीं।'' नीना आँटी ने गर्दन घुमाई और सुदीपा की आश्चर्यचकित आँखों में क्षण भर देखा। ''जब वह खाना लेने बाज़ार गया तो मैंने चिट्ठियों के बंडल को खोला और मधु जीजी की चिट्ठियाँ बीन कर निकालीं। प्रेम पत्र नहीं, वे प्रेम-कविताएँ थीं, उद्दाम, बिना झिझक या संकोच के लिखी कविताएँ, प्रेम के सच्चेपन और कामनाओं की मासूमियत में इतनी आश्वस्त कि एकदम लाज-साज के बिना, पूरी आतुरता के साथ समर्पण की कविताएँ। उन्हें पढ़कर किसी को भी रोमांच हो जाये। मैं समझ नहीं पाई कि ऐसी लालसा भरी चिट्ठियाँ पढ़कर वह कैसे उनके जादू से बचा रहा, पागल क्यों नहीं हो गया, अपना आपा क्यों नहीं भूला, जीजी की खिड़की के नीचे एड़ियाँ क्यों नहीं रगड़ीं। इधर यह खाने की पुड़िया लेकर लौटा और बनारस की रबड़ी-कचौड़ी के कसीदे पढ़ रहा था और मेरे मन में जीजी के शब्द जल रहे थे। मेरे पूछने पर उसने सब बता दिया। दिन-दोपहर छत पर आकर कभी-कभी जीजी से मिला करता था। जीजी कभी उसे दिन में दो या तीन या चार चिट्ठियाँ लिखा करती थीं। इतनी चिट्ठियाँ कि उसके पास रखने की जगह नहीं थी। उसने चिट्ठियों का एक बड़ा बंडल यूनिवर्सिटी के सामने खोमचा लगाने वाले को बेच दिया था। उन आग-फूल चिट्ठियों में लोग चाट और चना-मूँगफली खाते होंगे सोच कर मेरे दाँत भिंच गए।'' सुदीपा ने देखा, नीना आँटी की मुट्ठियाँ बँध गई थीं। ''जब जीजी की शादी तय हुई, तब उसने चैन की साँस ली। वह जीजी की गहराई और उनकी शिद्दत से डर गया था लेकिन उनकी चिट्ठियाँ तमगों-सी लिए घूम रहा था।'' गोधूलि की राख-रँगी झाँई पहाड़ी पर छाने लगी थी। हवा

में ठंडक आ गई थी और झींगुर-पतिंगा का शोर तरंगों में उठ रहा था। सुदीपा ने धुँधलके में नीना आँटी के चेहरे पर बीता समय रचा देखा। नीना आँटी क्या देख रही थीं कौन कह सकता था? ''मैंने जीजी की सारी चिट्ठियाँ उसी रात अपने बैग में रख लीं। पूरा पुलिंदा फैला-फैला कर कई बार देखा कि कोई चिट्ठी छूट तो नहीं गई और उसी रात मैंने तय किया कि मैं घर लौट जाऊँगी। अगले दो-तीन दिन हम गंगा के घाटों और बनारस के मन्दिरों में घूमते रहे। उसने सोचा कि मैं शादी जैसी किसी रस्म के बिना उसे निकट नहीं आने दे रही हूँ और हर छोटे-बड़े मन्दिर में माला बदलने की ज़िद करने लगा। बनारस में हमारी आख़िरी शाम को वह एक बनारसी साड़ी और सिंदूर ले आया। लेकिन मैंने वह साड़ी पहनने के बजाय अपनी सूती धोती उतार दी और आख़िर उसे अपनी बाँहें, वक्ष, जाँघें सहलाने दिए। अगली सुबह हमने ट्रेन पकड़ी और हम वापस लौट आये। हालाँकि लौटने को मैंने कहा था, लेकिन उसने भी कोई एतराज़ नहीं किया। पूरे रास्ते वह एक निश्चिन्त अधिकार से मेरी बाँह-कंधे, कमर भींचता, एक ही कुल्हड़ से चाय पीता, मेरी आँखों में देखकर मुस्कुराता रहा। घर पहुँचने के बाद मैंने शादी से इनकार कर दिया। उसे पता चला तो धड़धड़ाता घर में घुस आया। मेरी बाँह पकड़ कर कहने लगा कि हमारी शादी हो चुकी है, हमने बनारस में एक-दूसरे को वरा है। मैंने उसका हाथ झटक दिया और कहा कि बनारस में हम सिर्फ़ एक-दूसरे के साथ सोए थे, उसे वरण नहीं कहा जाता, उसके लिए दूसरे ही शब्द हैं। वह धक्क रह गया। पूरे घर में कुहराम मच गया। उस शोर-कलह में मैंने चुपचाप वे चिट्ठियाँ मधु जीजी को दे दीं। उन्होंने सारे कागज़ चूल्हे में झोंक दिए। उस दिन सबने जीजी की तिरमिराती लालसाओं में पकी रोटियाँ खाईं लेकिन उनका स्वाद सिर्फ़ मैंने जाना।''

सुदीपा ने धीरे-धीरे साँस छोड़ी और गर्दन, कंधे झटके। उसकी आँखें चौंधियाई-सी थीं, जैसे बहुत दिनों पर किसी परिचित जगह लौटा व्यक्ति सब कुछ बदला देख कर आँखें झपकाता है।''मम्मी आपको लेकर इतनी बिटर हैं...''

''उनका मेरे लिए कटु होना लाज़िमी है। तुम नहीं होतीं?'' नीना आँटी ने पीठ चट्टान से टिका ली और पैर फैला लिए। ''बस कुछ देर में यहाँ जुगनू दिखाई देंगे। इसी मौसम में आते हैं। उनकी हरी रौशनी की टिपकियों से झाड़ियाँ सज जाती हैं।''

‘‘नीना आँटी...’’ सुदीपा का कंठ भरभरा गया था, ‘‘मम्मी उस लड़के से ऐसा प्यार...उन्होंने डैडी से शादी क्यों की ? किसी से कुछ कहा क्यों नहीं ? उन्हें नानी से कह देना चाहिए था...एकदम न कर देना चाहिए था...’’

नीना आँटी के होंठ पर आधी मुस्कुराहट थी। ‘‘तुमने क्या सोच कर उनको समर के जाने के बारे में नहीं बताया है ?’’

सुदीपा ने सिर उठाया। ‘‘आँटी...’’

‘‘कुछ मामलों में मैं भी तुम्हारी मम्मी जितनी रिजिड हूँ। साथ रहना या अलग होना बड़े फ़ैसले हैं, ज़रूरी फ़ैसले हैं। उनसे पीठ मोड़कर कैसे काम चलेगा ? मधु जीजी ने शादी से ना क्यों नहीं किया इसका कारण मधु जीजी जानती हैं, लेकिन तुम समर के साथ जाने से न क्यों कर रही हो, इसका कारण तुम वाक़ई जानती हो क्या ? तुम्हें उसका अपने साथ जाने पर ज़ोर देना खटक रहा है या उसके साथ जाने की कोई इच्छा अपने मन में न पाने का दुःख साल रहा है ? वजह जो भी हो, कम-से-कम ख़ुद तुम्हें तो पता होनी चाहिए। अपने मन की पड़ताल कितनी ज़रूरी है, यह तुम समझती हो ? कड़ा पड़ जाने से अपनी रक्षा नहीं होती, सुदीपा, बार-बार टूटने की यातना सहनी पड़ती है।’’

‘‘आपको पता है कि आप बिना प्यार या लस्ट के उस लड़के के साथ क्यों इंटिमेट हुईं ? अपने मंगेतर को क्यों छोड़ा या उस रिसर्च स्कॉलर और प्रोफ़ेसर के साथ...’’

अँधेरे में नीना आँटी की साड़ी सरसराई, उसका हल्का-झीना नीला रंग चमक-सा रहा था। ‘‘बिलकुल जानती हूँ!’’ सुदीपा देख नहीं पा रही थी लेकिन नीना आँटी के स्वर में घुली मुस्कान सुन पा रही थी। ‘‘उस आख़िरी दिन माँ ने मुझसे कहा था, ख़ुद चुना हुआ कुछ भी तुम्हें कमतर नहीं करता, अपने चुनाव से तुम्हें दुःख पहुँच सकता है, पीड़ा हो सकती है, और तुम्हारी वजह से दूसरों को भी, लेकिन अंत को तुम उससे उद्भासित ही होगी, अपना आपा ही पाओगी। और उन्होंने बिलकुल ठीक कहा था।’’

कुछ देर झींगुर-झंकृत सन्नाटा छाया रहा। मूर्तिवत बैठी सुदीपा ने धीरे-धीरे सिर उठाया, अकड़े पैर सीधे किए। चप्पलें ओस में नम थीं। चारकोल-चूर्ण सा भुरभुरा अंधेरा पहाड़ के पेड़ों-झाड़ों पर बुरक गया था, ढलानों और घाटियों की तहों में जम गया था।

‘‘वह देखो जुगनू!’’ नीना आँटी के स्वर में उत्साह था।‘‘दिखा ?’’ अँधेरे में क्षण भर कुछ चमका। अँधेरा और गहन हो गया।

‘‘आँटी...’’

‘‘पान खाने का मन है अब भी ?’’

‘‘नहीं...’’

‘‘फिर लौटें ?’’ नीना आँटी उठ खड़ी हुईं। उनकी गोद से फिसल कर कोई वस्तु हल्के शब्द के साथ पत्थरों पर उचटती, गिरी। सुदीपा झुकी। वही नाजुक लेस और लकड़ी का पंखा था। सुदीपा ने उसे उठाकर हाथ से टटोल कर देखा। उसकी एक भी कमानी टूटी नहीं थी। सुदीपा, नीना आँटी के पीछे चल पड़ी।

❑❑❑